BRUGKLAS

DE TIJD VAN M'N LEVEN!

EEN BEWERKING VAN DICK BOUQUET

NAAR HET SCENARIO VAN ARNOUT VALLENDUUK

Dit is een uitgave van:
Uitgeverij Memphis Belle, Hilversum

Een bewerking van Dick Bouquet, naar het filmscenario
van Arnout Vallenduuk
Omslagontwerp: Just Works
Cover: Filmposter opgemaakt Just Works
Redactie: Rikky Schrever voor Het Redactiepakhuis
Nabewerking: Marcella Rijntjes en Susan Rozemeijer
voor Het RedactiePakhuis

ISBN 9789463132299
NUR 280

1

Het is een paar minuten voor halfacht in de ochtend.

In de slaapkamer van Nola is het rustig. Het enige geluid dat klinkt is een verdwaalde auto die vijf verdiepingen lager de flat passeert. Het geluid dringt aarzelend door de gesloten gordijnen die het bleke ochtendlicht nauwelijks blokkeren. In het schemerlicht van haar slaapkamer ligt Nola diep weggestopt onder haar dekbed te slapen. Alleen een plukje van haar blonde haar piept onder het dekbedovertrek vandaan. Het overtrek is nog van vroeger, met fantasiefiguurtjes en zo. Als klein kind vond ze dat prachtig, maar ze is inmiddels veertien jaar en heeft daarom heel andere interesses gekregen.

Foto's posten op social media bijvoorbeeld, en filmpjes bekijken op Klikker, de roddel-app van school. Klikker is dé manier om op de hoogte te blijven van wat er allemaal op en rondom school gebeurt. Het staat vol met vette filmpjes en posts en het is bovendien een uitstekend platform om lekker over elkaar te roddelen.

Het dekbed zou daar een prima onderwerp voor zijn. De coolste meid van school slaapt nog onder een kinderachtig dekbedovertrek, stel je voor!

Het speekt natuurlijk voor zich dat Nola liever een ander dekbedovertrek had gehad, een meer volwassen exemplaar, maar sinds de scheiding van haar ouders is er net genoeg geld om rond te komen. Het is niet dat ze in armoede leven, zo erg is het nu ook weer niet, maar voor zaken die niet direct verband houden met het dagelijks levensonderhoud, zoals leuke extraatjes, is vaak geen geld. En

volgens haar moeder moet ze niet zo zeuren. Er zitten nog geen gaten in haar kussensloop en er zijn zat meiden van haar leeftijd die fantasiefiguurtjes nog hartstikke leuk vinden, dus er is niets om je over te schamen.
Haar moeder heeft makkelijk praten, vindt Nola. Zij hoeft geen leuke jongens aan de haak te slaan. De mensen op haar werk zien er allemaal min of meer hetzelfde uit waardoor ze niet zo snel uit de toon zal vallen, maar op school is uiterlijk juist heel belangrijk. De coolheidsfactor bepaalt je populariteit. Wanneer je er goed uitziet, heb je vrienden en vriendinnen en wordt er naar je geluisterd. Gelukkig gaat cool zijn Nola makkelijk af. Ze zit niet uren voor de spiegel om zich op te maken en breekt haar hoofd niet over welke outfit ze zal aantrekken. Zelfs als ze een vuilniszak aantrekt en twee keer haar handen door haar haren haalt ziet ze er nog fantastisch uit. Dat zorgt wel eens voor jaloezie. Veel andere meiden zouden een moord doen om er met een simpele spijkerbroek en een slobbertrui net zo goed uit te zien als zij, maar over het algemeen wordt door iedereen geaccepteerd dat Nola gewoon mooier is. "Natuurlijk cool" noemen ze dat.

Het alarm op haar mobiel gaat af. Het ding ligt op het nachtkastje naast haar bed.
Nola wordt aarzelend wakker. Ze is meteen chagrijnig. Hier heeft ze dus echt helemaal geen zin in! Jesse heeft het uitgemaakt en of dit al niet erg genoeg is, heeft iedereen het moment via Klikker mee kunnen maken. Het filmpje is zo beschamend dat Nola zich het liefst tot aan de zomervakantie ziek wil melden. Zonder zich te bewegen, laat ze het alarm rinkelen.
Haar moeder, Vanessa, komt de slaapkamer binnen, volledig opgemaakt en aangekleed zoals elke ochtend.
'Opstaan, schat,' roept ze terwijl ze de gordijnen openschuift. 'Of denk je dat het alarm voor niets rinkelt?'

‘Mppppphhhh,’ klinkt Nola’s antwoord van onder haar dekbed. Ze bedoelt te zeggen ‘Laat me met rust’, maar Vanessa begrijpt haar niet. Ze trekt het dekbed van haar af. ‘Kom, straks kom je nog te laat op school.’
Terwijl Vanessa de kamer weer uit loopt, komt Nola chagrijnig overeind. Ze pakt haar mobiel en drukt het alarm uit. Het is precies halfacht. Nola zucht. ‘Waarom beginnen die scholen zo vroeg?’
Met een duf hoofd bekijkt ze haar achtergrondfoto. Het is een selfie met Jesse. Die leuke, mooie en coole Jesse waar ze al zo lang verliefd op is.
Nola zucht. Het is een zucht vol van verdriet, maar ook van boosheid. Ze begrijpt nog steeds niet waarom hij het heeft uitgemaakt. En ook de manier waarop! Na een lullige ruzie op het schoolplein nog wel.
Nola’s blik betrekt. Ze houdt nog steeds van hem, maar voorlopig kan ze hem niet uitstaan. Die stomme Jesse!
Met een nog diepere zucht gooit Nola het dekbed van zich af. Dit wordt zeker weten de aller slechtste dag ooit!

Nola zit aan de ontbijttafel. Ze is nog steeds chagrijnig. Als blikken konden doden, was haar moeder voor haar neus dood neergevallen, maar dat gebeurt niet. Vanessa is net klaar met het schrijven van een tekoopbordje voor de invalidenwagen van haar moeder en geeft Nola haar broodtrommel ‘Kijk eens,’ zegt ze, terwijl ze het bordje naast haar op tafel legt. ‘Vier boterhammen met kaas en twee mandarijnen voor de vitamientjes. Pak zelf even wat drinken uit de koelkast.’
Nola schuift de broodtrommel met een woest gebaar van zich af. ‘Hoeft niet, want ik ga toch niet naar school.’
‘Wat is dat nu voor onzin?’ vraagt Vanessa. ‘Natuurlijk ga je wel naar school.’
‘Nee!’ zegt Nola vastbesloten. ‘Ik wil niet en ik ga niet!’
Vanessa trekt een bedenkelijk gezicht. ‘Toe lieverd, je kunt

niet thuisblijven omdat het uit is met Jesse.'
'O nee?' reageert Nola fel. 'Toen jij van papa ging scheiden, ben je ook een hele week thuisgebleven.'
Vanessa schudt haar hoofd. 'Dat is heel wat anders. En het is toch al vaker uit geweest. Lieverd, als je straks op school bent valt het echt wel mee.'
'Echt niet!' Nola knikt naar haar mobiel. 'Het is anders nu. Jesse en ik hebben afgesproken dat het tussen ons zou blijven. Maar iemand heeft een filmpje op Klikker gezet en nu weet de hele school het. Ik schaam me echt kapot!'
`Klikker?' vraagt Vanessa die hier nog nooit van gehoord heeft. `Wat is dat?
`Iets van school,' zegt Nola. `Dat is een roddelapp van de brugklassers.' Vanessa haalt haar schouders op. `Ik begrijp niet waar je je zo druk om maakt. Jesse is toch niet de enige leuke jongen?
Nola haalt boos haar wenkbrauwen op. `Djeez mam, je bent zelf toch ook verliefd geweest?'
Vanessa knikt. `Natuurlijk, maar toen was ik een stuk ouder.' Ze maakt een wegwerpgebaar. `Jullie zijn nog veel te jong voor een serieuze relatie. Weet je wat het is met jullie pubers van tegenwoordig? Jullie worden heel snel verliefd en wanneer de eerste vlinders verdwenen zijn, gaan jullie weer op zoek naar een ander. Ze legt bemoedigend haar hand op Nola's arm. ` Jesse is het niet waard om zo verdrietig om te zijn. Je moet gewoon een beetje genieten van het leven. Kijk eens wat om je heen, dan vind je vanzelf wel weer een andere leuke jongen.'
`Ik wil geen andere jongen!' zegt Nola terwijl ze kwaad haar arm terugtrekt. `Jesse is de liefde van mijn leven. Die wissel je niet zomaar in voor een ander!'
Het klinkt allemaal wat dramatisch, maar Nola meent het wel. Jesse is de enige jongen voor haar. Ze was en ís nog steeds tot over haar oren verliefd op hem.
Natuurlijk hebben ze tijdens hun verkering wel eens ruzie

gehad, dat is heel normaal, maar ze is er altijd van overtuigd geweest dat ze voor altijd bij elkaar zouden blijven. Tot die stomme ruzie alles verpestte. Zoals altijd begon het klein. Jesse vond dat Nola weer eens te veel met haar mobiel bezig was. Hij vindt het superirritant dat ze van alles met anderen deelt. Zelf is hij nooit zo bezig met social media. Natuurlijk kijkt hij wel eens op Klikker, maar al dat posten is aan hem niet besteed. Hij houdt de dingen liever voor zichzelf.
Nola op haar beurt flapt er alles makkelijk uit. Toen ze zei dat Jesse best wel eens wat meer aandacht mag hebben voor haar, was dat het begin van een woordenwisseling die uitmondde in een hevige ruzie. Uiteindelijk gingen ze zo tegen elkaar tekeer dat Jesse er genoeg van had en zonder pardon de verkering uitmaakte.
Daarna liep hij gewoon weg en liet Nola staan alsof ze niet bestond. Ze heeft nog wel naar hem geroepen dat ze het allemaal niet zo bedoelde, maar hij had niet meer gereageerd. Nola voelde zich zo waardeloos dat ze meteen naar huis was gegaan. Tegen haar moeder had ze gezegd dat ze vrij hadden, maar toen de conciërge, de altijd chagrijnige conciërge De Jong, belde dat ze de laatste twee uur ongeoorloofd absent was, heeft ze alles moeten vertellen.
En nu zit ze met een steen zo groot als een rotsblok in haar maag aan tafel. Ze heeft ECHT geen zin om naar school te gaan waar ze Jesse onder ogen zal moeten komen, maar Vanessa wil daar niets van weten. `Ik begrijp dat het vervelend voor je is, lieve schat', zegt ze met een lichte dwang in haar stem. `Maar school is belangrijker dan jongens.' Vanessa drukt de broodtrommel samen met het Te koop-bordje in Nola's handen. 'Ga nou maar snel, anders kom je nog te laat.'
Inwendig piept en kraakt het bij Nola. Haar hart schreeuwt het uit. 'Nee, ik ben al dwars doormidden gebroken. Ik heb geen zin om ook nog eens aan stukken gescheurd te

worden!' Toch wint haar verstand. Nola weet dat er niets anders op zit en bovendien, haar moeder heeft ergens wel gelijk. Ze laat haar leven toch niet verpesten door een jongen? Ook al is hij de leukste en coolste van de hele wereld.

2

Buiten voor de flat staan Nola's vriendin Jamie en haar pleegbroer Milan. Ze wachten op Nola om samen naar school te fietsen.
Dat Nola laat is, zijn ze wel gewend. Ze moet altijd nog van alles doen voordat ze weggaat. Nola is niet heel praktisch waardoor ze nogal eens de juiste boeken vergeet, of ze moet de vaatwasser nog inruimen omdat ze daar de vorige avond te lui voor was.
Met haar uiterlijk heeft haar getreuzel vaak niets te maken. Ze is natuurlijk cool, weet je nog wel?
Dit in tegenstelling tot Fenna, de grootste ijdeltuit van school. Zij is altijd en alleen maar bezig met haar uiterlijk. Ze heeft ook altijd de duurste kleding en make-up. Geen kunst, want haar ouders zijn superrijk en geven haar alles wat ze maar wil. Nola vindt haar meestal wel oké, maar er zijn ook momenten waarop ze haar echt niet kan uitstaan. Ze vindt Fenna een verwend nest.
De meiden zijn elkaars concurrenten. Niet alleen in populariteit, maar ook in de liefde. Fenna heeft stiekem een oogje op Jesse en nu het uit is zal ze er alles aan doen om hem voor zich te winnen.
Jamie en Milan doen niet mee aan de competitiedrift in de klas.
Jamie en Milan zijn buitenbeentjes. Niet dat ze geen vrienden hebben of met de nek worden aangekeken, maar ze vinden mode en populariteit niet zo belangrijk. Ze doen de dingen op hun eigen manier zonder dat ze zich iets van een ander aantrekken. Toch heeft Jamie een belangrijke

positie in de klas. Ze beheert namelijk Klikker. Niemand, behalve Milan weet dat zij beslist welke filmpjes en foto's geplaatst worden.
Dat het uitmaakfilmpje van Nola en Jesse op Klikker staat, was een vergissing van Jamie. Ze had het veel te druk met andere content om het filmpje te bekijken.
Milan heeft het filmpje al een paar keer gezien en ook nu kan hij er geen genoeg van krijgen. Hij bekijkt hem op zijn mobiel en geniet zichtbaar als Jesse naar Nola schreeuwt dat het uit is en kwaad wegloopt. Dat Nola hem achterna roept dat het haar spijt is eigenlijk best wel beschamend. Milan moet er nog altijd om lachen. 'Dit is echt sick,' mompelt hij.
'Doe dat ding weg!' zegt Jamie geïrriteerd. 'Straks ziet Nola het nog.'
Milan stopt met een grijns zijn mobiel weg. 'Eigen schuld. Dan had je dat filmpje maar niet moeten posten.'
Jamie sist door haar tanden. 'Ik kan toch niet alles controleren voordat het online gaat? Of denk je soms dat ik het expres gedaan heb? Nola en ik zijn beste vriendinnen. Zoiets doe je toch niet?'
Milan zwijgt. Hij weet ook wel dat het een misverstand was. Toch vindt hij het best wel dom dat Jamie niet beter opgelet heeft. Het is dat Nola niet weet dat het haar schuld is, anders was hun vriendschap waarschijnlijk afgelopen.
Nola komt met de fiets aan haar hand aangelopen. 'Hey jongens, sorry dat ik te laat ben, maar ik heb gewoon geen zin om naar school te gaan.' Ze schudt geïrriteerd haar hoofd. `Dat stomme filmpje! Iedereen zal me uitlachen. En wat denk je van Fenna? Die weet niet hoe gauw ze om Jesses nek moet springen..'
Jamie schaamt zich zo dat ze het gesprek een andere wending geeft. `Ga je iets verkopen?' vraagt ze en wijst op het tekoopbord.
'De invalidenwagen van mijn oma,' antwoordt Nola. `Ze zit

nu in een verpleeghuis en kan hem niet meer gebruiken.'
De wagen staat even verderop. Nola ziet dat er iemand in zit. Haar maag draait zich een slag om. Het is Boy.
'Wat doet die loser in onze wagen?' vraagt ze walgend.
Boy is de grootste creep van school. Gelukkig zit hij niet bij Nola in de klas, maar een jaar hoger. Boy is een buitenbeentje. Hij staat bekend als een aso, iemand voor wie zelfs de ratten zich verstoppen als hij langsloopt. Niemand durft dat hardop te beweren omdat Boy een grote mond en losse handjes heeft. Daarom past iedereen heel goed op met wat ze tegen hem zeggen. Áls ze al iets tegen hem zeggen. Het liefst hebben ze niets met hem te maken en gaan ze elk contact uit de weg. Hij ziet er ook uit als een schooier en heeft altijd dezelfde kleren aan. En dan die afschuwelijke donkergroene muts die hij altijd op zijn hoofd heeft! Hij is gewoon echt niet cool.
Als Boy niet zo'n creep zou zijn, zou ze misschien wel medelijden met hem gehad hebben. Hij heeft het ook niet makkelijk, alleen met zijn moeder die de hele dag niets anders doet dan drinken. Nola ziet haar geregeld op straat, strompelend met een stok. Ze heeft dat ding sinds ze een paar maanden geleden in een dronken bui van de stoep viel, en haar enkel brak. Sindsdien leunt ze nog steeds op die stok, waarschijnlijk om te voorkomen dat ze nog een keer valt.
Nola loopt naar het invalidenwagentje.
'Wat doe je?!' roept ze naar Boy die wat zit te frunniken onder het dashboard. 'Die is van ons!'
De hond van Boy, Rex, een grote pitbull, gromt naar haar.
Boy doet alsof er niets aan de hand is. 'Is je moeder kreupel of zo?'
`Kreupel? Hoezo?' vraagt Nola.
Boy wijst op de wagen. `Dat ding is toch voor invaliden? '
`Dat ding is niet van mijn moeder maar van mijn oma', zegt Nola met stijgende irritatie. `En nee, ze is niet inva-

lide!' Ze duwt Boy weg. 'Blijf er met je handen af. Straks gaat ie stuk!'
Boy haalt zijn neus op. Hij stapt uit en geeft een paar harde klappen op het dak. 'Leuk karretje.' Met een brede grijns pakt hij de riem van Rex en sleurt hem achter zich aan de flat in.
Met een afkeurende blik legt Nola het tekoopbord achter de voorruit.
'Wat is het toch een eikel' mompelt Jamie die samen met Milan bij haar is komen staan. 'Wat is dat ook voor naam, Boy?! Zijn moeder had hem beter Loser kunnen noemen.'
'Als hij een meisje zou zijn, had ze hem vast Girl genoemd,' grinnikt Milan. 'Dan kan ze zich niet vergissen.'
'Als ze nuchter is, bedoel je,' zegt Nola lachend.
'O, shit!' roept Jamie nadat ze op haar mobiel heeft gezien hoe laat het is. 'Het is al bijna halfnegen. Als we nu niet gaan, komen we te laat en moeten we van De Jong het hele schoolplein vegen.'
'Voor de zoveelste keer,' voegt Milan eraan toe. 'Ze laat ons zo vaak vegen dat we het schoonste schoolplein van heel Nederland hebben.'
Nola stapt snel op haar fiets. 'Kom jongens, ik heb vanmiddag wel wat anders te doen.'
Ook Jamie en Milan springen op de fiets. Samen fietsen ze snel naar school.

3

Het Koning Willem Alexander College is een toffe school met leuke kinderen, behalve Boy dan, en een aantal best aardige docenten. Het is de ideale plek om je vrienden te ontmoeten en het laatste nieuws met hen door te nemen.
Natuurlijk zitten er ook een aantal mindere punten aan. Zoals bepaalde lessen. Aardrijkskunde bijvoorbeeld met die stijve hark van een van Morselt. Of Grimbergen van wiskunde die om het minste of geringste uit zijn dak gaat. Dat is ook best wel te begrijpen, want het is een oude man die niet kan opboksen tegen een groep bijdehante pubers. Het liefst zou hij gaan vissen om zo zijn aanstaande pensioen af te wachten.
Eén van de leraren die best wel oké is, is mevrouw De Wilde. Soms kan ze streng zijn, maar ze heeft een groot inlevingsvermogen waardoor iedereen altijd van alles met haar kan bespreken.
De grootste sukkel van school is meneer Folmers, de rector. Hij is een ouderwetse man die het constant over respect heeft. En hij is ook nog eens de vader van Jamie en pleegvader van Milan. Folmers voert allerlei rare regeltjes in. Dat er op schoolkamp vegetarisch gegeten moet worden bijvoorbeeld en dat terwijl hij eruitziet of hij dagelijks een bezoek brengt aan een fastfoodrestaurant. Volgens hem moet ook iedereen vriendjes met elkaar zijn. Wat een nerd! Alsof je met iedereen bevriend kan zijn!
Ondanks de rector gaat Nola graag naar school. Al had ze nu gewild dat de vakantie die voor de deur staat al een week geleden was begonnen.

Als ze haar fiets in het fietsenhok stalt en samen met Jamie en Milan het schoolplein op loopt hebben ze het nog even over het schoolkamp. Ze gaan dit jaar naar Drenthe en iedereen heeft er reuze veel zin in.
`Er is daar ook een safaripark, wist je dat?' vraagt Jamie aan Nola. `Lijkt me echt te gek.'
Nola knikt. `Ja, echt supertof. Alleen,' Ze valt even stil.
`Alleen wat?'
Nola vervolgt met gedempte stem, alsof niemand haar mag horen. `Mijn moeder moet nog een hele stapel rekeningen betalen, dus we houden geen geld over voor het kamp.'
`Dat meen je niet!' Jamie sist door haar tanden. `Wat erg!'
Nola, Jamie en Milan lopen verder. Bij het fietsenhok passeren ze Fenna die luid in gesprek is met haar vriendengroep.
Iedereen is er. De mooie, maar stiekeme Ebru die erg haar best doet om net zo populair te worden als Fenna. Steef, op zich een leuke meid, maar soms onuitstaanbaar dom. En de blonde tweeling die Fenna als een schaduw achternaloopt en haar in alles probeert na te doen.
Tot Nola's grote ergernis staat Jesse er ook tussen.
Het groepje is duidelijk over haar aan het roddelen, want zodra ze langsloopt, wordt het stil.
'Hoi Nola, hoe gaat het?' vraagt Fenna met een schijnheilige glimlach.
Nola knikt onverschillig. 'Goed hoor.' Ze doet haar best om niet naar Jesse te kijken. Wat moet hij ineens met de vrienden van Fenna? denkt ze kwaad. Toen we nog verkering hadden, ging hij nooit met ze om.
Fenna houdt Nola een zak snoep voor. 'Wil je? Jesse en ik hebben er al zo veel op dat we misselijk zijn.' Ze kijkt Jesse met grote ogen aan. 'Nietwaar, Jess?'
Jess? vraagt Nola zich geërgerd af. Zegt ze nu al Jess tegen hem?!
Jesse wendt zijn blik af als Nola kwaad zijn kant op kijkt.

'Kom, Jess,' zegt Fenna en ze pakt Jesse bij zijn arm. 'We gaan naar binnen, je weet hoe Van Morselt is als we te laat komen. Dan begint-ie meteen weer te schreeuwen.'
Fenna trekt Jesse achter zich aan het schoolplein over. De rest van de groep volgt.
Nola, Jamie en Milan blijven staan.
'Kom, Jess,' zegt Nola die met een piepstem Fenna imiteert. 'Gaan we gezellig een potje kotsen.' Ze doet alsof ze haar vinger in haar keel steekt. 'Wat is ze toch een trut. En dan die Jesse! Hoe haalt-ie het in zijn hoofd om met haar om te gaan?'
Jamie begrijpt het wel. 'Ze is nu eenmaal superrijk en geef toe, ze ziet er goed uit.'
'Helaas wel, ja,' sist Nola. 'Wat zou ik graag die nepkrullen van haar hoofd trekken!'
De bel gaat. Nola, Jamie en Milan staan als enigen nog op het schoolplein.
'Shit! Dat wordt vegen!'

4

Tijdens de middagpauze is er een bijeenkomst in de aula.
Directeur Folmers spreekt de leerlingen door een microfoon toe.
'Goedemiddag allemaal,' schalt het met veel gepiep door de aula.
Iedereen stopt met een pijnlijk gebaar zijn oren dicht.
Conciërge De Jong duwt Folmers achter de microfoon weg.
Ze rommelt wat aan de geluidsinstallatie en trekt Folmers weer terug naar zijn plek.
Hij begint opnieuw met zijn speech.
'Zoals jullie weten is het jaar bijna voorbij en daarom is het weer tijd voor het schoolkamp!'
Er stijgt gejuich op.
Nola die ergens achteraf staat, juicht niet mee. Ze weet maar al te goed dat ze dit jaar niet mee kan.
Terwijl Folmers verder gaat, laat ze onwillekeurig haar blik in het rond dwalen.
Tussen de leerlingen ziet ze Fenna naast Jesse staan.
Als Fenna Nola ziet kijken, geeft ze Jesse een arm en kruipt dicht tegen hem aan.
Nola wordt overspoeld door woede. Het liefst zou ze nu naar Fenna toe rennen en de haren uit haar hoofd trekken.
Of haar ogen uitkrabben, dan kan ze tenminste nooit meer naar Jesse kijken.
Dan krijgt ze een idee. Ze typt een appje en stuurt hem naar Jamie die voor in de groep staat.
Jamie leest het bericht en stuurt meteen een appje terug.
Precies op het moment dat het even stil is in de zaal, krijgt

Nola het bericht binnen.
Het geluid van haar mobiel stoort Folmers die net weer iets wil gaan zeggen. Hij ziet hoe Nola om het appje moet lachen.
`Nola?' vraagt hij met een informerende blik.
Nola kijkt op. Ze ziet hoe iedereen zich met een vragende blik naar haar omgedraaid heeft.
`Shit,' denkt ze. `Heb ik iets raars gedaan? Of staat mijn gulp open?!' Ze kijkt even vlug naar beneden. Tot haar opluchting is er met haar gulp niets aan de hand. Wanneer ze weer opkijkt, wordt ze nog steeds aangestaard.
Nola wordt er onzeker van, vooral omdat niemand nog een woord gezegd heeft.
Op het moment dat ze begint te blozen, neemt Folmers weer het woord.
'Nola,' zegt hij door de microfoon. 'Ik hoor dat je een leuk appje hebt gekregen. Zou je die even willen voorlezen zodat we allemaal weten waarom het zo grappig is?'
Er gaat een golf van plaatsvervangende schaamte door de zaal. Iedereen kijkt elkaar grinnikend aan. Dit wordt een vette afgang!
'Hou je camera klaar,' fluistert Fenna tegen Ebru. 'Dit wordt legendarisch!'
Nola blijft aarzelend staan. Ze schaamt zich zo dat ze geen stap durft te doen.
'Nola?' vraagt Folmers vriendelijk, maar dwingend. 'Kom even bij de microfoon staan, dan kan iedereen het horen.'
Het kost Nola heel veel moeite om de eerste stap te zetten. Als ze langzaam door de leerlingen naar voren loopt, begint iedereen nog harder te grinniken. Nola schaamt zich nu helemaal kapot. Dit is de ultieme walk of shame.
Folmers maakt plaats voor haar achter de microfoon.
Er schieten allerlei gedachten door Nola's hoofd. Zal ze wegrennen, of doen alsof ze flauwvalt? Misschien heeft ze geluk en valt er een vliegtuig op de school.

De Jong ergert zich aan haar besluiteloosheid. Ze grist de mobiel uit haar handen en leest het bericht zelf hardop voor.
'Haha, zegt Jamie,' schalt het door de aula.
De Jong stopt met lezen om even in het rond te kijken. 'En wat vindt ze dan wel zo leuk?' Ze scrolt terug naar het bericht van Nola.. 'Het berichtje van Nola.' Zegt ze met een treiterende grijns.
Nee, niet voorlezen! denkt Nola. Dat zou echt rampzalig zijn!
Maar het is te laat. De Jong is al begonnen.
'Heb je Fenna al geroken? Ze meurt naar een goedkope wc-verfrisser.'
De hele zaal barst in lachen uit.
Fenna weet niet wat ze hoort. Het gelach en de spottende blikken van de leerlingen maken haar woedend. Ze werpt een vernietigende blik op Nola. Hoe haalt ze het in haar hoofd zulke dingen over haar te zeggen?! wc-verfrisser? Zij?! Ze heeft altijd de duurste parfum!
Folmers neemt de microfoon van De Jong over. Hij maakt sussende geluiden.
'Nou, nou, zo kan-ie wel weer.'
Als iedereen is uitgelachen, richt hij zich tot Fenna. 'Ik vind dat je heel lekker ruikt hoor, Fenna,' zegt hij bemoedigend.
De zaal begint weer te lachen.
Nola zou het liefst door de grond willen zakken van schaamte. Met gebogen hoofd loopt ze terug naar haar plaats.
Fenna heeft haar met vuurspugende ogen nagekeken. 'Dit ga ik haar zó betaald zetten,' zegt ze tegen Ebru. 'Let maar eens op. Ik maak haar helemaal kapot!'

5

Later die middag moet de klas naar aardrijkskunde. Iedereen loopt naar zijn plek. Ook Nola, maar wanneer ze op haar vaste plaats naast Jesse wil gaan zitten, pikt Fenna haar stoel in.
‘Hé, ik zit hier!’ zegt Nola kwaad.
Fenna kijkt haar met een spottend lachje aan. ‘Volgens mij sta je nog.’
Haar vriendinnen lachen.
‘En trouwens,’ vervolgt ze vals. ‘Jesse wil je niet meer. Of ben je dat soms vergeten?’ Ze pakt haar mobiel en laat het filmpje op Klikker zien.
Nola schaamt zich kapot. Ze kijkt naar Jesse die ook niet weet hoe hij moet reageren. Zwijgend slaat hij zijn ogen neer.
Jamie is de enige die het voor Nola opneemt. ‘Zet dat filmpje uit. Nu meteen!’
Fenna’s grijns wordt nog breder. ‘Waarom zou ik? Ik vind het een heel leuk filmpje. Dat vindt iedereen in de klas.’ Ze houdt de mobiel omhoog. ‘Nietwaar jongens?’
Niemand durft echt te reageren. Het blijft bij een wat onbeduidend gemompel.
Jamie wordt steeds kwader. ‘Dat filmpje vind ik verschrikkelijk, maar weet je wat ik nog veel erger vind?’
‘Nou?’ vraagt Fenna grijnzend.
‘Dat je het aanpapt met de ex van een vriendin.’
Fenna knikt. ‘Je hebt gelijk, dat is ook niet netjes.’ Weer verschijnt die zelfingenomen grijns op haar gezicht. ‘Gelukkig is Nola geen vriendin van me.’

Ondertussen is van Morselt in de klas verschenen. `Nola, zitten!' roept hij door de klas.
Jamie gebaart naar Nola dat ze naast haar moet komen zitten.
Zodra Nola zich op de stoel heeft laten ploffen, begint van Morselt de les met een mededeling.
'Vergeet morgen niet het de 150 euro voor het schoolkamp mee te nemen. Jullie kunnen het bij mij of bij mevrouw De Wilde inleveren.' Hij steekt zijn vinger waarschuwend in de lucht. 'En onthoud goed, niet betalen betekent niet meegaan. Is dat duidelijk?'
Iedereen zwijgt ten teken dat de boodschap is begrepen.
'Heeft je moeder echt geen geld?' vraagt Jamie als iedereen zijn boek openslaat.
Nola let niet op. Ze kijkt naar Jesse en Fenna die zo dicht naast elkaar zitten dat hun knieën elkaar raken.
Jamie stoot haar aan. 'Hé, luister je wel?'
Nola lijkt te ontwaken uit een droom. 'Sorry hoor,' zegt ze met haar blik nog steeds op Jesse gericht. 'Ik kan het gewoon niet uitstaan dat hij nog niets tegen me gezegd heeft. Meestal maakt hij het na een ruzie meteen weer goed.'
Jamie ziet het allemaal niet zo somber in. Nola en Jesse waren zo close dat het vanzelf wel weer goed komt. Dat kan niet anders.
Nola kan het alleen maar hopen. Voorlopig zit er niets anders op dan geduldig afwachten.

Na school fietst Nola met Jamie en Milan naar huis. Ze kletsen nog wat over Fenna en haar rijke ouders. Volgens Milan is haar vader een crimineel die in drugs of wapens handelt of misschien wel in allebei. Hoe komt-ie anders aan zo veel geld?
Nola moet er hard om lachen. Ze weet ook wel dat het niet waar is, maar niets is leuker dan zo af en toe eens lekker onbeschaamd roddelen, zeker als het om Fenna gaat.

Jamie vindt het allemaal wel prima. Zo vergeet Nola het filmpje tenminste even en hoeft zij zich er niet zo rot over te voelen.
Het drietal neemt op de gebruikelijke plek afscheid van elkaar en Nola fietst alleen verder naar huis.

Voor de flat ziet ze haar moeder bij de invalidenwagen staan. De moeder van Boy strompelt er leunend op haar stok omheen.
Boy staat ongeïnteresseerd met zijn rug tegen de garagedeur geleund. Rex zit naast hem op de stoep.
Wat moet dat mens met onze invalidenwagen vraagt Nola zich af, terwijl ze haar fiets in het rek zet en bij haar moeder komt staan.
'Het is best een leuk ding,' hoort ze de moeder van Boy zeggen.
Nola ruikt haar drankadem op afstand.
'Hij is van mijn moeder geweest,' zegt Vanessa. 'Ze woont nu in een verpleeghuis en komt de deur niet meer uit.'
Boy's moeder kijkt haar met scheve ogen aan. Ze gelooft er niets van. 'Van een oud vrouwtje geweest? Dat is de meest gebruikte smoes ter wereld. Doet-ie het eigenlijk nog wel?'
Vanessa knikt. Voordat ze kan antwoorden dat er vrijwel niet in gereden is, zit Boy's moeder al achter het stuur. Ze probeert de motor te starten, maar die slaat niet aan.
'Dat dacht ik al,' kreunt ze als ze met moeite de wagen weer uit kruipt. 'Een waardeloos afdankertje.'
Boy kijkt met een scheef oog naar Nola. `Een beetje zoals jij dus', mompelt hij.
Zijn moeder denkt dat hij het over haar heeft en draait zich kwaad naar hem om. 'Wát zei je daar?!
'Niets,' mompelt Boy terug.
Vanessa begrijpt niet waarom de wagen niet start.
Nola heeft wel een idee. Ze wijst op Boy. `Hij heeft hem stukgemaakt!'

`Je kletst maar wat', zegt Boy met een afkeurende blik op de wagen. `Dat ding is gewoon een wrak.'
Boy's moeder haalt haar neus op en spuugt voor de voeten van Vanessa op de grond. 'Denk je nou echt dat ik me door jullie laat besodemieteren?'
'Ik meen het!' roept Nola. 'Vanochtend zat hij eraan te rotzooien.'
Boy gaat rechtop staan. 'Nu weet ik waarom die vriend van je het heeft uitgemaakt,' zegt hij treiterend. 'Dat komt omdat je continu loopt te zeiken.'
Hij knikt naar zijn moeder. 'Je lijkt mijn moeder wel.'
De opmerking maakt zijn moeder woedend. Ze stapt op hem af en slaat hem hard in zijn gezicht.
'Hou je grote mond!' Ze schreeuwt zo hard dat het tot ver in de buurt te horen is.
Boy krimpt in elkaar. Hij durft niet tegen zijn moeder in opstand te komen.
Ze geeft hem nog een klap met haar stok. 'En nu opgesodemieterd! En denk maar niet dat je vanavond nog wat te vreten krijgt!'
Boy loopt zwijgend met zijn hond weg.
Nola kijkt schijnbaar onbewogen toe, maar van binnen moet ze een beetje lachen. `Net goed voor hem, moet hij maar niet zo vervelend doen.
Boy's moeder lijkt Vanessa en Nola vergeten te zijn. Zonder nog naar hen om te kijken, strompelt ze de flat in.
'Dat mens is toch niet normaal?' zegt Vanessa tegen Nola.
Nola knikt. 'Ik dacht dat aso's alleen aso deden tegen anderen, maar ze doen het dus ook tegen elkaar.'
Vanessa kijkt naar Boy die in elkaar gedoken de straat uit loopt. 'Best zielig voor hem.'
Nola maakt een wegwerpgebaar. 'Zielig? Dat is zijn verdiende loon!'

6

Het is etenstijd. Vanessa zet een pan met spaghetti op tafel. Nola kijkt op van haar mobiel. Alweer spaghetti, denkt ze bijna hardop. Ze vindt het best lekker hoor, maar niet drie keer in de week.
'Wat is er?' vraagt Vanessa die haar afkeurende blik ziet. 'Heb je geen trek?'
'Jawel,' zegt Nola zonder veel overtuiging. 'Maar... waarom eten we nooit eens iets anders?'
Vanessa heeft geen idee waar Nola het over heeft. 'We eten zo vaak iets anders. Eergisteren nog spruiten. En zaterdag hadden we een brooddag.'
'Brood...' herhaalt Nola alsof het een besmettelijke ziekte is. 'Weet je wat ze nu bij Jamie eten? Courgettesoep met Parmezaanse kaas. En bij Fenna eten ze sushi.'
'Als ik net zoveel zou verdienen als haar vader zouden wij ook elke dag sushi eten,' zegt Vanessa. Ze schept op en begint te eten.
Nola zucht. 'Waarom zijn we dan ook zo arm?'
'Zo arm zijn we helemaal niet,' antwoordt Vanessa met volle mond. 'We hebben alleen niet zoveel geld.'
'Niet zoveel?!' Nola verslikt zich bijna in haar eerste hap spaghetti. 'We hebben helemaal niets. We hebben niet eens geld voor het schoolkamp!'
'Nee, nu even niet,' verbetert Vanessa haar. 'Volgende week misschien.' Ze kijkt Nola vragend aan. 'Heb jij nog uitstel kunnen regelen?'
Nola's ogen worden groot van verontwaardiging. 'Natuurlijk niet! Ik ga toch niet bij de Wilde lopen smeken om uit-

stel? Straks denkt iedereen nog dat we sloebers zijn.'
Vanessa schudt haar hoofd. 'Je kunt ook overdrijven.'
'Helemaal niet, mam!' Nola loopt rood aan. 'Als de klas erachter komt, sta ik voor altijd voor schut!'
Nu is het de beurt aan Vanessa om te zuchten. 'Sorry schat. Als we geen uitstel krijgen, kun je niet mee op schoolkamp. Zo simpel is het.'

Ze staat op van tafel. Nu heeft ze helemaal geen zin meer in spaghetti.

7

Een groep leerlingen staat bij elkaar op het grasveld achter de school. Een deel van de groep staat aan de rand van een brede sloot. Een ander deel heeft zich rond Fenna verzameld.
Nola en Jamie sluiten zich nieuwsgierig bij de groep aan. Ze zien dat er een bal in de sloot ligt. Jesse staat met wat vrienden aan de kant en probeert de bal met een lange tak uit water te vissen.
Hij zoekt even oogcontact met Nola. Voordat hun blikken elkaar ontmoeten, draait Nola zich om. Bedrukt kijkt ze naar Fenna die glimmende armbandjes uitdeelt. Iedereen die er één krijgt, is uitgenodigd voor haar verjaardagsfeest.
'Neem je zwemkleren mee,' roept ze overdreven enthousiast. `Mijn ouders hebben een kingsize jacuzzi!'
De meiden slaken gilletjes van plezier en de jongens geven elkaar high fives. Dit wordt echt een te gek feest!
Fenna gaat de hele groep langs. Als er nog maar één armbandje over is, loopt ze naar Jamie en Nola toe.
Nola kijkt begerig naar het armbandje. Het feest is de uitgelezen mogelijkheid om Jesse weer terug te winnen.
Fenna blijft staan. Het armbandje bungelt uitnodigend in haar hand.
`Voor wie zal die laatste zijn?' vraagt ze uitdagend.
Nola kijkt haar emotieloos aan, maar van binnen schreeuwt ze, `voor mij. Alsjeblieft voor mij!'
Jamie is veel minder geïnteresseerd. Ze vindt een feest best wel leuk, maar ze gunt het Nola veel meer. Bovendien is zij helemaal niet zo bevriend met Fenna en mist ze de popu-

lariteit om een gewilde gast te zijn.
Haar verbazing is daarom groot wanneer Fenna haar het laatste armbandje geeft.
Nola voelt de grond onder haar voeten weg zakken.
Fenna ziet de teleurstelling op haar gezicht. `Jammer joh', zegt ze met een duivelse grijns.
Jamie vindt het lullig voor Nola. De hele klas heeft nu een armbandje, behalve zij. Het liefst had ze het ding geweigerd, maar daarvoor is het nu te laat.
'Sorry,' zegt ze zacht tegen Nola.
Nola haalt haar schouders op. 'Maakt niet uit. Ik wil toch niet naar dat stomme feest.'
Ze wil weglopen, maar draait zich onbedoeld naar Jesse om die nog steeds aan de slootkant staat.
'Hai,' zegt Jesse bijna onhoorbaar. Hij voelt de blikken van zijn klasgenoten in zijn rug prikken. 'Hoe is het?'
Nola wil zeggen dat het wel oké gaat, tot ze het armbandje om zijn pols ziet. Ze is boos en teleurgesteld tegelijk. Hoe kan Jesse haar zo verraden?! Ergens had ze verwacht dat hij de uitnodiging zou weigeren. Uit loyaliteit, om wat ze vroeger met elkaar hadden. Er trekt een steek door haar borstkas. Het doet pijn om te ontdekken dat Jesse hun verkering alweer vergeten lijkt te zijn.
Jesse voelt zich rot. Hij begrijpt hoe moeilijk dit voor Nola moet zijn.
Heel even kijkt hij haar verontschuldigend aan. Dan richt hij zijn aandacht weer op de bal.
Nola doet hetzelfde. Voor een ogenblik staat ze roerloos aan de waterkant.
Dan voelt ze een hand in haar rug en krijgt ze een duw.
Nola verliest haar evenwicht en valt met een harde plons voorover in de sloot.
Na een kort moment van verbazing barst iedereen in lachen uit. Het is een hilarisch gezicht, Nola die proestend en kuchend boven water komt. Ze lijkt wel een moeras-

monster met de kluiten modder in haar gezicht en slierten kroos als een groene pruik om haar hoofd gewikkeld.
Degene die het hardst lacht is Fenna. Ze komt niet meer bij.
'Nola heeft een nieuwe challenge,' schatert ze. 'Elke dag zo gênant mogelijk op Klikker komen!'
Iedereen begint nog harder te lachen. Ook Boy die Nola met zijn mobiel filmt. 'Hé, pak meteen even die bal!' roept hij haar spottend toe.
Nola is woedend, maar schaamt zich zo verschrikkelijk dat ze zonder iets terug te zeggen uit het water kruipt en hard wegrent.
Jesse lacht niet. Hij kijkt naar Boy die nog steeds aan het filmen is. 'Was jij dat?' vraagt hij boos. `Heb jij Nola geduwd?'
Boy kijkt hem dreigend aan. 'En wat dan nog?!'
Jesse slikt zijn woorden in. Hij wil geen ruzie met Boy, anders zou hij zomaar eens een paar flinke klappen kunnen krijgen.

Nola staat druipend in de kamer van de Jong.
'Hoe kan dat nou?' vraagt ze verbaasd. 'Je valt toch niet zomaar in de sloot?'
'Niet zomaar,' antwoordt Nola rillend. 'Boy heeft me geduwd!'
`Weet je dat zeker?' vraagt de Jong.
Nola knikt.
'Dat rot joch!' de Jong slaat met haar vuist op haar bureau. De klap is zo hard dat haar koffiemok ervan rinkelt. `Dat wordt twee weken strafcorvee!.'
De Jong geeft Nola een handdoek. 'Kleed jij je vast om, dan ga ik meneer meteen even opzoeken.'
Ze wijst op een mand met gevonden kledingstukken. 'Zoek maar iets uit. Er zit vast wel iets leuks tussen.'
Als de Jong de kamer uit is, buigt Nola zich over de mand met kleding. Wat ze ziet, is verschrikkelijk. Versleten jog-

gingbroeken met vlekken, verwassen kleutertruitjes en een enkele grauwe legging. De kleren zien er zo slecht uit dat zelfs een kringloopwinkel ze niet zou durven te verkopen.
Nola kreunt. Ze staat al voor schut en nu moet ze ook nog eens die sloeberkleren aan. Dit is echt de slechtste dag ooit!
Dat het allemaal nog veel erger kan, blijkt wanneer Nola haar mobiel uit haar broekzak pakt. Er druipt allemaal water uit.
Nola probeert haar mobiel aan te doen, maar er gebeurt niets. 'Ook dat nog!' Moedeloos laat ze zich op een stoel ploffen. Ze voelt zich nu echt de zieligste persoon ter wereld. Was deze dag maar nooit begonnen!

8

In de klas haalt van Morselt het geld voor het schoolkamp op. Iedereen heeft betaald.
‘Dan missen we nu alleen het geld van Nola nog.’ Grimbergen kijkt de klas rond. ‘Waar is ze eigenlijk?’
De klas begint te grinniken.
‘Nola heeft haar zwemdiploma gehaald,’ zegt Fenna.
Iedereen begint weer te lachen.
‘Dat was echt niet grappig!’ snauwt Jamie. ‘Iemand heeft haar geduwd!’
‘O ja? vraagt Ebru. ‘Wie dan?’
‘Boy,’ antwoordt Jesse.
Fenna haalt onverschillig haar schouders op. ‘Nou en? Het was in elk geval hilarisch.’
De deur van het lokaal gaat open. Nola stapt naar binnen. Ze is gekleed in een slobberige joggingbroek, een vies shirtje en aan haar blote voeten draagt ze een paar versleten slippers. Haar natte kleren zitten in een plastic tasje dat druipt van het water.
Het gelach in de klas laait weer op.
‘Ben je wezen shoppen?’ vraagt Fenna. ‘Staat je goed. Heel wat beter dan je andere kleren.’
Nola moet haar uiterste best doen om niet te reageren. Het liefst had ze Fenna een mep gegeven, maar ze houdt zich in en sloft naar haar tafel.
‘Nola?’ vraagt Grimbergen. ‘Heb jij het geld van het schoolkamp nog meegenomen?’
Nola krijgt een knoop in haar maag. Ook dat nog! Alsof het allemaal al niet erg genoeg is, moet ze nu ook nog voor de

klas bekennen dat ze geen geld heeft.
Als ze niet gigantisch wil afgaan, moet ze nu een smoes bedenken.
Ze probeert van alles te verzinnen, maar er komt niets in haar op. Dan heeft ze de oplossing. Ze haalt haar natte kleren uit de plastic tas en zoekt in de zakken van haar broek.
'Nee, hè?!' zegt ze zo geschrokken mogelijk. 'Ik ben mijn geld verloren toen ik in de sloot viel!'
Jamie kijkt verbaasd naar Nola. 'Had je moeder toch genoeg geld?' fluistert ze onhoorbaar voor de anderen.
Nola geeft geen antwoord.
Grimbergen is onverbiddelijk. 'Ik vind het echt heel rot voor je, Nola, maar als je vandaag niet betaalt, dan kun je helaas niet mee op kamp.'
Nola zwijgt. Ze is opgelucht dat hij haar smoes gelooft. Ze kan nog steeds niet mee op kamp, maar ze heeft in elk geval haar gezicht gered.
Ze gaat zitten en Jesse kijkt even stiekem naar haar om. Hij vindt het verschrikkelijk wat er gebeurd is. Een bedrag van 150 euro verliezen is voor iedereen vervelend, maar wanneer je niet veel geld hebt, zoals Nola, is dat extra pijnlijk. Hij zou graag iets voor haar doen, maar wat?

De les is afgelopen.
De klas loopt de gang op, nog steeds giechelend om Nola die als laatste het lokaal verlaat.
Ze heeft geen zin in gezelschap en sloft in haar eentje de trap naar de kantine af.
Boy maakt de tafels schoon. Hij heeft straf omdat hij Nola in het water geduwd heeft.
De Jong geeft hem instructies. 'En als je straks hiermee klaar bent, mag je ook nog de lokalen vegen.' De Jong grijnst. Ze geniet ervan om straf te geven, en leerlingen als Boy maken haar werk extra leuk.
Boy wordt boos. 'Wat is dat voor onzin?! Ik ben je slaafje niet!'

De Jong steekt haar vinger naar hem op. 'Niet zo brutaal, jochie, want anders kun je ook nog eens de wc's doen!'
Boy houdt wijselijk zijn mond. Hij weet dat De Jong geen grapjes maakt en als hij alleen al aan de wc's denkt, lopen de rillingen over zijn rug. Die dingen zijn zo smerig!
Nola moet inwendig lachen. Net goed voor hem! Ze loopt voor Boy langs naar de uitgang, haar mond gekruld in een minachtend lachje.
Boy draait zich met een vol dienblad in zijn handen naar haar om.
'Ik wist al dat je lelijk was,' zegt hij provocerend. 'Maar in deze kleren ben je nog lachwekkend ook.' Boy moet hard om zijn eigen grap lachen.
Nola kan zich niet langer beheersen. 'Hou je bek, dit is allemaal jouw schuld!'
Boy is niet onder de indruk van Nola's woede-uitbarsting. Hij moet alleen nog maar harder lachen.
Voor Nola is de maat vol. Ze loopt naar Boy toe, pakt een flesje yoghurt van zijn dienblad en giet het leeg over zijn afzichtelijke muts.
Het moment voelt als een heerlijke beloning. Nu neemt Nola eindelijk wraak op Boy. De yoghurt is voor al zijn rot opmerkingen, zijn getreiter, zijn scheldwoorden en bovenal voor de gluiperige duw waardoor ze in de sloot viel.
Boy is zo verbijsterd dat hij geen woord kan uitbrengen.
Als Nola weg wil lopen, klinkt de stem van De Jong. Ze heeft alles gezien.
'Nola!' schreeuwt ze door de kantine. 'Ben je nu helemaal gek geworden?!'

Tien minuten later zitten Nola en Boy naast elkaar in een leeg lokaal. Ze hebben nu allebei straf.
'Jullie gaan het meteen goedmaken,' zegt De Jong die voor hen staat. 'En zo niet, dan blijven jullie hier tot morgenochtend zitten. Dan kunnen jullie meteen daarna het

schoolplein vegen.'
De Jong stapt het lokaal uit en laat Boy en Nola in stilte achter.
'Jij bent echt geflipt, hè?' zegt Boy na lang zwijgen.
'Ik?' Nola kijkt hem vernietigend aan. 'Je zult jezelf bedoelen!'
Boy veegt het laatste restje yoghurt van zijn muts. 'Ik giet geen yoghurt over iemands hoofd.'
'Nee, jij duwt mensen alleen maar in de sloot!'
Boy haalt zijn neus op 'Moet je maar niet zo wankel op je benen staan.'
'Wankel?' vraagt Nola. 'Net zo wankel als je moeder, bedoel je?' Ze haalt afkeurend haar neus op. 'Ik vind het niet gek dat je zo'n aso bent. De appel valt niet ver van de boom.'
'Zal wel,' zegt Boy onverschillig. 'Mijn moeder probeert in elk geval geen kapotte invalidenwagens te verkopen, zoals die van jou.'
'Ja, de wagen,' zegt Nola. 'Wat moet je moeder daar eigenlijk mee?'
'Wat denk je?' bijt Boy haar toe. 'Ze kan niet fietsen, idioot.'
Nola denkt hardop. 'Zeker omdat ze te veel drinkt.'
Boy neemt niet de moeite zijn moeder te verdedigen. Hij weet dat Nola gelijk heeft. Iedereen in de buurt weet dat zijn moeder een alcoholist is. Hij schaamt zich dood voor haar en zou het liefst een normale moeder hebben, zoals iedereen. Helaas heeft hij nooit een keus gehad.
Boy zwijgt.
Het gesprek is klaar. Nola zou nog zoveel tegen hem kunnen zeggen, waarom ze zo'n hekel aan hem heeft bijvoorbeeld of dat hij eens schone kleren aan moet trekken, maar ze houdt haar mond.
Geïrriteerd staart ze uit het raam. Buiten ziet ze Jesse met Fenna praten.
Nola's gedachten schieten meteen een paar weken terug in

de tijd toen het nog dik aan was met Jesse. Ze ziet zichzelf weer hand in hand met hem lopen en hem gepassioneerd op zijn mond kussen.
'Wat ziet hij toch in dat mens?' denkt ze als ze weer terugkeert naar het heden. 'Ik ben toch veel leuker. Maar serieus, ja toch?'
Een volgende gedachte schiet door haar hoofd. Ze wil Jesse terug. Zo erg, dat het bijna pijn doet.

9

Thuis krijgt Nola ruzie met haar moeder. Vanessa was al in een slecht humeur vanwege de rekeningen die ze moet betalen, maar als Nola haar kapotte mobiel laat zien waar het water nog steeds uitdruipt, wordt ze bijna wanhopig. 'Hoe kun je nou zo stom zijn?' vraagt ze zich geërgerd af.
Nola gelooft haar oren niet. 'Het is toch niet mijn schuld dat Boy me geduwd heeft?'
'Ja, ja,' zegt Vanessa kortaf. 'Als je maar niet denkt dat ik geld heb om een nieuwe mobiel voor je te kopen.'
En dan barst Nola uit in woede. 'Je hebt nooit ergens geld voor!' roept ze met een rood hoofd. 'Weet je wat ze op school van mij vinden? Dat ik een loser ben. Jesse heeft het uitgemaakt, ik kan niet mee op kamp en ik ben als enige niet uitgenodigd voor het feestje van Fenna.' En dan zegt ze op cynische toon: 'Bedankt mam, dat je mijn leven verpest hebt. Je had nooit van papa moeten scheiden. Toen hadden we tenminste nog geld!'
Nola loopt kwaad de kamer uit.
Vanessa voelt zich meteen schuldig. Ze weet hoe moeilijk Nola het heeft met de scheiding. Het is niet alleen het geld. Ze ziet haar vader nauwelijks nog. Sinds hij bij zijn nieuwe vriendin woont, heeft hij vrijwel al het contact verbroken. Ze zou willen dat ze een betere baan had, maar voor een vrouw van haar leeftijd is dat niet makkelijk. Ze prijst zichzelf gelukkig dat ze überhaupt nog werk heeft. En eerlijk is eerlijk, het is een hartstikke leuke baan. Vanessa begon ooit als magazijnmedewerker van een parfumerie en heeft zich opgewerkt tot eerste verkoper.

Soms krijgt ze leuke cadeaus mee naar huis. Make-up of verzorgingsproducten. Gisteren heeft ze nog een pakket meegenomen met een dure ontharingscrème, bodylotion en een haarmasker. De chique tas staat nog naast de bank. Terwijl Vanessa naar de tas kijkt, krijgt ze een idee hoe ze het goed kan maken met Nola.

Nola zit op haar kamer waar ze met een föhn haar mobiel probeert te drogen.
'Mag ik binnenkomen?' vraagt Vanessa die haar hoofd om de deur steekt.
'Je doet maar,' gromt Nola.
Vanessa gaat naast haar zitten. 'Ben je nog boos?'
Na een korte aarzeling schudt Nola haar hoofd. Ze kan nooit lang kwaad op haar moeder blijven.
'Sorry, maar ik zie het allemaal even niet meer zitten. Ik vind het ook zo waardeloos dat ik niet naar het feestje van Fenna mag.' Ze kijkt haar moeder snel aan. 'Niet omdat ik haar zo aardig vind, maar iedereen is uitgenodigd. Jesse ook.'
Vanessa knikt. 'Ik begrijp het. Soms is het leven ook even niet zo fijn, maar dat wil niet zeggen dat het niet meer leuk kan worden.'
Ze geeft Nola de tas.
Nola reageert enthousiast. 'Wat is dit? Een nieuwe mobiel?'
Als ze de spullen uit de tas haalt, is ze een beetje teleurgesteld. 'Ontharingscrème? Bodylotion? Een haarmasker? Is dat voor mij?'
'Voor Fenna,' zegt Vanessa.
'Voor Fenna?! Ben je gek geworden? Waarom?'
'Om het goed te maken.'
Nola wordt weer boos. 'Ik hoef helemaal niets goed te maken. Zij heeft Jesse van mij afgepakt!'
Vanessa legt geruststellend haar hand op haar knie. 'Geloof me nu maar. Als de lucht geklaard is tussen jullie, zul

je je veel beter voelen. Datzelfde geldt voor Boy. Bied je excuses aan. Je zult merken dat het je geweldig oplucht.'
Nola twijfelt. Ze weet dat ze zelf ook schuldig is. Als ze dat appje niet verstuurd had, zou het allemaal anders geweest zijn. Dan had Boy haar waarschijnlijk ook niet in de sloot geduwd.
'Wedden?' vraagt Vanessa die op antwoord wacht.
Nola lacht. 'Om een mobiel?'
Ook Vanessa moet nu lachen. Ze trekt Nola tegen zich aan en geeft haar een kus. 'Leuk geprobeerd. Probeer eerst je oude maar eens te drogen.'
Nola zet de föhn weer aan. 'Je wordt bedankt, mam,' zegt ze gekscherend.

10

Nola is vanochtend extra vroeg opgestaan. Niet alleen omdat ze om acht uur het schoolplein moet vegen, samen met die loser van een Boy, maar ook omdat ze eerst naar de bakker gaat om muffins te kopen. Ze heeft besloten het advies van haar moeder op te volgen. Zonder woede, frustratie en jaloezie is het leven een stuk leuker. Vandaar de muffins. Ze zijn bedoeld voor De Jong die niets liever doet dan de hele dag snoepen. En zo ziet ze er ook uit. Alle repen en zakken drop die ze naar binnen propt, hebben haar veel te dik gemaakt. Vandaar dat ze altijd slobberende joggingbroeken draagt, vaak met vlekken omdat ze haar vette vingers eraan afveegt. Ze weet het niet, maar de hele school lacht haar achter haar rug om uit. Die broeken zijn echt belachelijk. Toch zou De Jong er nog veel erger uit kunnen zien. In een strakke spijkerbroek bijvoorbeeld of in een legging, een knalroze of zo eentje met felgekleurde spatten en strepen alsof er een emmer verf overheen gegooid is. Het beeld dat nu in Nola's hoofd opkomt, bezorgt haar kippenvel. De Jong in een legging is net zoiets als een zombie in een turnpakje of van Morselt in een zwemslip, pure horror!

Zoals elke ochtend is De Jong als eerste op school. Ze sjokt met een chocoladecroissant in haar hand naar het 'hok', zoals de leerlingen haar kantoortje in de centrale hal noemen.
Boy stapt niet veel later gapend de aula binnen.
De Jong verwelkomt hem met een sadistische grijns. 'Zo meneertje, klaar voor een halfuurtje krabben?'

Boy reageert niet. Het liefst zou hij haar een klap geven, maar dat levert hem gegarandeerd een schorsing op.
De Jong geeft Boy een plamuurmes.
Boy kijkt er een beetje vreemd naar. 'Wat, geen bezem?'
'Kauwgom,' antwoordt De Jong. 'Het schoolplein ligt er vol mee.'
Achter De Jong stapt Nola het kantoortje binnen. Ze heeft haar schooltas en het tasje met de verzorgingsproducten bij zich. 'Goedemorgen,' zegt ze opgetogen.
Boy kijkt haar afkeurend aan. Waarom doet ze zo vrolijk? Is ze soms vergeten dat ze het schoolplein moet schoonmaken? Inwendig moet hij grinniken. Wacht maar, als ze straks op haar knieën de stukken kauwgom van de stoeptegels zit te schrapen, zal die stomme lach op haar gezicht als sneeuw voor de zon verdwijnen.
Nola haalt een zakje met twee muffins uit haar schooltas. 'Kijk eens, voor jullie.'
'Voel jij je wel helemaal lekker?' vraagt Boy. 'Waar is dit goed voor?'
'Gewoon,' zegt Nola, nog steeds met een lach op haar gezicht. 'Omdat het zo'n mooie dag is. Jullie lusten toch wel muffins?'
Boy schudt zijn hoofd. 'Ik eet nooit 's ochtends.'
'Dat is echt heel slecht,' zegt De Jong die het zakje uit Nola's hand pakt. 'Het ontbijt is de belangrijkste maaltijd van de dag.'
Boy haalt zijn schouders op. Als je zo vet wilt worden als jij wel ja, denkt hij.
De Jong drukt Nola een bezem in haar hand. 'Leuk hoor, die muffins, maar dat wil niet zeggen dat je onder het corvee uit komt.' Ze wijst naar Boy. 'Hij schraapt, jij veegt!'

Boy en Nola lopen het kantoortje uit. Boy nog chagrijniger dan eerst, maar Nola heeft nog steeds een lach rond haar mond. 'Moet je kijken,' fluistert ze en ze knikt stiekem over

haar schouder.
Boy kijkt en ziet hoe De Jong een muffin in één keer in haar mond stopt. De kruimels plakken aan haar kin. 'Wat is het toch een varken,' grinnikt hij.
De Jong ziet het tweetal naar haar kijken. 'Opschieten!' roept ze met volle mond. 'Anders mogen jullie morgen weer terugkomen!'

'Volgens mij ben je aan de drugs,' zegt Boy als ze het schoolplein op lopen. 'Niemand moet lachen als hij corvee heeft.'
Nola blijft opgewekt. 'Ik ben gewoon in een vrolijke bui. Is dat zo gek?'
'Nogal ja,' zegt Boy afkeurend. 'Als mijn vriendje het uit zou maken en ik zou voor schut zijn gegaan voor de hele school zou ik de hele wereld wel kunnen vermoorden.'
Jij wel, denkt Nola. Ze haalt lachend haar schouders op. 'Er zijn ergere dingen.'
Natuurlijk is dat niet waar, ze vindt het nog steeds verschrikkelijk wat er allemaal gebeurd is, maar als ze de raad van haar moeder écht wil opvolgen, moet ze vooruitkijken en niet blijven hangen in het verleden.
'Volgens mij ben je iets van plan,' zegt Boy. 'Je wilt natuurlijk wraak nemen op Fenna.' Hij knikt naar het tasje. 'Wat zit daarin, koekjes met rattengif, of zo?'
Nola schudt haar hoofd. 'Ben je gek? Het zijn cadeautjes, kijk maar.' Ze laat de inhoud van het tasje aan Boy zien.
Boy haalt de spullen er verbaasd uit. 'Wat is dit voor shit? Haarmasker? Bodylotion? Ontharingscrème?'
'Voor Fenna,' zegt Nola. 'Om het goed te maken.'
Boy grijnst. De minachting staat op zijn gezicht te lezen. 'Wat ben je toch een watje. Een beetje lopen slijmen bij Fenna in de hoop dat ze je met rust laat.' Boy balt zijn vuist. 'Weet je wat het is? Ze laten je pas met rust als ze bang voor je zijn. Hier en daar een paar klappen uitdelen

en je hebt van niemand meer last.'
Nola zet het tasje weer op de grond. 'Vind je het gek dat niemand je aardig vindt.'
Ze begint met vegen.
Boy is niet van plan haar te helpen. 'Het interesseert me geen moer wat mensen van mij vinden. Ze hebben toch wel hun mening over mij klaar. Niemand neemt de moeite om mij te leren kennen.'
Logisch toch, denkt Nola. Niemand wil met jou omgaan. Ze probeert geen aandacht meer aan Boy te schenken. Er ligt veel troep op het schoolplein en als ze niet voldoende heeft opgeveegd, moet ze gegarandeerd morgen terugkomen.
Terwijl Nola driftig aan het vegen is, loopt Boy naar het tasje. Hij buigt zich voorover en staart lang en intensief naar de inhoud. Dan verlegt hij zijn blik naar Nola, die naar de andere kant van het schoolplein gelopen is.
Boy kijkt weer naar het tasje. Er verschijnt een stiekeme grijns op zijn gezicht.

11

Die middag zitten de meiden in de kleedkamer. Ze hebben net gym gehad en zijn druk in gesprek over het feest van Fenna.
'Het wordt echt supertof,' zegt ze. 'We hebben een gloednieuwe jacuzzi, met LEDlicht en wel vijftien verschillende massagestanden. Hij is zo groot, dat we er met z'n allen tegelijk in kunnen. En er komt een chocoladefontein van twee meter hoog en een dj en een cocktailbar.'
'Met alcohol?' vraagt Ebru. 'Wow, te gek!'
Fenna draait met haar ogen. 'Natuurlijk niet. Alcoholvrij, maar het zijn de beste cocktails van de wereld, geschonken door de twee lekkerste barkeepers van Nederland.' Ze knipoogt. 'Ze staan ook op een kalender, je weet wel, zo'n blote.'
De meiden giechelen.
Het wordt meteen weer stil wanneer Nola de kleedkamer binnenkomt. Een paar meiden willen haar begroeten, maar zien hoe Fenna demonstratief haar hoofd wegdraait. Om niet het risico te lopen alsnog niet naar haar feest te mogen, houden ze hun mond.
Nola houdt Fenna het tasje voor. 'Kijk eens...'
Fenna kijkt haar vragend aan. 'Waar is dat voor?'
'Alvast voor je verjaardag.'
Even overweegt Fenna om het tasje niet aan te pakken. Er zal wel een hoop rotzooi in zitten of iets anders om haar te stangen. Toch kan ze haar nieuwsgierigheid niet bedwingen. Als ze kijkt wat erin zit, is ze blij verrast. 'Cool! Dit is echt een heel duur merk! Dat kunnen mensen zoals jij toch

helemaal niet betalen?'
De opmerking raakt Nola niet. Ze is vastbesloten positief te blijven. 'Vind je het wat?'
Fenna knikt en strijkt met haar hand over haar haren. 'Mijn "gorgeous" haar kan altijd wel een goed masker gebruiken.'
De andere meiden kijken Fenna verwachtingsvol aan. Zal ze het nu goedmaken met Nola en haar uitnodigen voor het feest?
Maar nee hoor. Fenna zet het tasje naast haar op de grond en draait zich van Nola af, klaar om weer op te scheppen over haar feestje.
Ebru begrijpt dat het tijd wordt om in te grijpen. Als Fenna niet bekend wil staan als een gewetenloze trut moet ze iets verzinnen om haar gezicht te redden.
Ze staat op en fluistert iets in haar oor.
Het gezicht van Fenna verstart eerst, maar klaart daarna op. Ze richt zich wat aarzelend tot Nola. 'Thanks,' zegt ze zonder enige overtuiging. 'Ik had het leuk gevonden als je op mijn verjaardag was gekomen, maar ik mocht maar twintig mensen uitnodigen dus...'
Nola glimlacht. Ze weet best dat ze nog steeds niet welkom is, maar wat maakt het uit? Ze heeft in elk geval haar goede wil getoond.
Jamie vindt het nog steeds rot voor Nola. Ze doet haar armbandje af en geeft het aan haar. 'Ik hou toch niet zo van feestjes,' zegt ze terwijl alle blikken op haar gericht zijn. Natuurlijk is het een mooi gebaar, maar eigenlijk doet Jamie het om haar eigen geweten te sussen. Haar karma kan wel een opknapbeurt gebruiken en de uitnodiging voor het grootste feest van het jaar kan daar mooi bij helpen.
Nola neemt het armbandje bijna beschaamd in ontvangst. 'Weet je het zeker?'
Jamie knikt. Zeg nou maar niets, denkt ze. Straks bedenkt Fenna zich en dan mogen we allebei niet.

Nola moet zich beheersen om niet een vreugdesprongetje te maken. Dit is echt heel tof van Jamie! Snel doet ze het armbandje om haar pols.
Fenna kijkt Jamie even vernietigend aan. Hoe haalt ze het in haar hoofd?! Ze heeft helemaal geen zin in Nola op haar feestje. Ze is van plan Jesse om verkering te vragen en daar kan ze Nola toch niet bij gebruiken?! Het liefst had ze gezegd dat ze niet welkom is, ongeacht haar 'slijmerige' cadeautjes. Toch houdt ze wijselijk haar mond. Vooral omdat Ebru haar dwingend aankijkt. Niets zeggen! spreekt er uit haar donkere ogen. We laten haar toch links liggen.
Fenna glimlacht geforceerd, alsof ze wil zeggen: Nou, vooruit dan maar.
Het kan Nola allemaal niets schelen. Het feest is de uitgelezen kans om het weer goed te maken met Jesse. En dat is precies wat ze van plan is. Ze zal hem hoe dan ook weer terugkrijgen!

12

De volgende dag rijden Nola en Jamie weer samen naar school. Ze hoeven zich niet te haasten want het eerste uur is uitgevallen. Er is dus tijd genoeg om even bij te kletsen. Morgen is het feest van Fenna en Nola kan er maar niet over ophouden. ‘Ik heb mijn badpak eindelijk gevonden,’ zegt ze als ze naast Jamie de aula binnenloopt. ‘Weet je waar hij lag? Onder in de sokkenla. Idioot, toch?’

‘Zou je niet liever je bikini aantrekken?’ vraagt Jamie. ‘Vanwege Jesse, bedoel ik. Jongens vinden dat nu eenmaal leuker, een beetje bloot.’

Nola schudt haar hoofd. `Ben je gek? De andere meiden zien me al aankomen. Straks vinden ze me niet alleen een loser, maar ook nog eens een goedkope aandachtstrekker. Nee, liever niet.’

Milan staat Nola en Jamie bij de trap op te wachten.

‘Heb je het al gehoord?’ vraagt hij.

Jamie knikt, alsof ze precies weet waar hij het over heeft. Nola weet van niets. ‘Wat?’

‘Jesse heeft een verrassing voor je.’ Milan knikt naar de bovenste tree waar Jesse glimlachend staat te wachten.

Nola’s hart maakt een sprongetje. Hij wil weer verkering! schiet het door haar hoofd. De situatie is ineens zo romantisch dat het net lijkt alsof ze in een datingprogramma zit. Zo eentje waarin mensen elkaar voor de camera de liefde verklaren.

Nola kijkt even snel om zich heen om te zien of ze ergens een cameraploeg kan ontdekken. Wanneer dit niet het geval is, kijkt ze terug naar Jesse. Die staat nog steeds breed

te glimlachen.
Dan maar zonder camera's, denkt ze. Hij wil me terug. Ik zie het in zijn ogen!
Milan geeft Nola een duw in haar rug. 'Waar wacht je nog op? Ga naar hem toe!'
Ineens krijgt Nola de bibbers in haar knieën. Het lijkt wel de eerste keer dat ze verkering aan hem vroeg. Toen was ze ook zo zenuwachtig.
'Kom op!' zegt ze tegen zichzelf. 'Nu niet zeuren. Eropaf!'
Met een diepe, gespannen zucht loopt Nola de trap op.
Als ze halverwege is, klinkt de stem van De Jong. Ze staat onder aan de trap en fluit op haar vingers, alsof ze een hond roept. 'Hé, jij! Meekomen!'
Nola blijft verbaasd staan. Heeft ze het tegen haar?
De Jong zwaait. 'Ja, jij! Meteen naar de kamer van de rector!'
Iedereen staart Nola aan. Wat heeft ze nu weer gedaan? Staat er in hun blik te lezen.
Ook Jesse is verbaasd.
Met een rood hoofd loopt Nola de trap af. De Jong pakt haar bij haar arm en duwt haar door de gangen in de richting van de kamer van Folmers.

Folmers zit met Fenna, haar moeder Jane en De Wilde aan tafel. Tussen hen in staat het tasje van Nola.
'Dit is echt heel ernstig,' zegt Folmers tegen Jane.
Jane knikt. 'Nou en of! Dit is gewoon je reinste terrorisme! Ik begrijp niet hoe een kind zo gemeen kan zijn!'
De Wilde staat voor een raadsel. 'Ik begrijp het niet. Zo is ze anders nooit.'
'Dat kind is niet goed bij haar hoofd,' zegt Jane. De stoom komt bijna uit haar oren van woede. 'Ze zouden haar op moeten sluiten!'
Ze slaat haar arm om Fenna heen. 'Als u gezien had hoeveel verdriet mijn lieve schat heeft gehad.' Ze zegt het met

een onderdrukte snik in haar stem. 'Het was gewoonweg hartverscheurend.'
Folmers knikt begripvol.
De deur van het kantoor gaat open. Nola stapt naar binnen. Verbaasd ziet ze iedereen zitten.
Folmers wijst op een lege stoel. 'Nola, ga even zitten.' Zijn stem klinkt strenger dan normaal.
Nola neemt plaats op de stoel. Ze probeert de kwade blik in de ogen van Fenna en Jane te ontwijken, maar vindt die van Folmers en De Wilde.
'Wat is er aan de hand?' vraagt ze zacht.
'Goed dat je er bent,' zegt Folmers, zichtbaar geïrriteerd. 'Je moeder is ook onderweg.'
Nola kijkt hem niet-begrijpend aan. 'Mijn moeder? Waarom?'
Folmers geeft geen antwoord. Hij duwt het tasje in haar richting. 'Klopt het dat je dit aan Fenna cadeau hebt gedaan?'
Nola knikt. 'Is er iets mee?'
Fenna springt op. 'Dat kun je wel zeggen, ja!' Ze pakt het doosje met het haarmasker uit de tas en zet het potje dat erin zit met een klap op tafel. 'Weet je wat dit is?!'
'Een haarmasker?' antwoordt Nola.
'Dat had je gedacht! Dit is een ontharingsmiddel!'
Nola kan haar oren niet geloven. Dit moet een grap zijn. Een heel slechte, maar toch...
Folmers en De Wilde kijken haar zo ernstig aan dat ze het allesbehalve grappig vinden.
'Iemand heeft de potjes verwisseld,' zegt De Wilde.
Nola gelooft er niets van. 'Waarom zie ik dat dan niet?' Ze knikt naar het haar van Fenna dat er nog net zo goed uitziet als altijd.
'Omdat ik het net op tijd ontdekt heb!' roept ze. 'Stel je voor dat ik die troep in mijn haar gesmeerd had. Dan had mijn pa zo'n grote schadeclaim geëist dat jullie nooit meer

uit de schulden zouden komen!'
Jane richt zich met opgeheven vinger tot Folmers. 'Ik eis de zwaarste straf! Schorsing! Of nee, veel beter nog, verwijdering van de school. Stuur haar maar naar zo'n school voor delinquenten. Dat zal haar leren!'
'Waar gaat dit over?' zegt Nola. 'Ik heb niks gedaan!'
De Wilde snoert Nola met een handgebaar de mond. Ze wijst op Fenna en haar moeder. `In plaats van te schreeuwen, zou ik eerst maar eens mijn excuses aanbieden.
Nola is sprakeloos. Mijn excuses aanbieden? Menen ze dit nu serieus? Voor wat? Omdat Fenna zit te liegen?
Iedereen kijkt haar dwingend aan.
'Nou, komt er nog wat van?' vraagt De Wilde.
Nola zegt niets.
'Denk er maar eens heel goed over na, Nola,' zegt Folmers. 'Als je niet je excuses aanbiedt, mag je ook niet mee op kamp. En dat is nog slechts het begin. Misschien dat we je dan ook echt zullen moeten schorsen.'
Is iedereen nu helemaal gek geworden? Denkt Nola. Schorsen? Serieus?!
Ze probeert te kalmeren. Folmers is een man van zijn woord en als hij excuses eist, dan verwacht hij die ook te krijgen. Er zit niets anders op dan opnieuw door het stof te gaan.
Nola kijkt nog even naar Fenna. Die kijkt haar zo haatdragend aan dat ze er bijna bang van wordt. Naar de blik van haar moeder durft ze niet eens te kijken.
Ondanks het dilemma, kan Nola het niet verkroppen dat ze nu alweer voor schut gezet wordt en dat terwijl ze helemaal niets gedaan heeft! Het moet nu maar eens afgelopen zijn!
Kwaad rukt ze het armbandje van Fenna stuk. De glinsterende stenen vliegen in het rond.
'Stik er maar in! Het interesseert me geen moer wat jullie vinden!'
Zonder een reactie af te wachten, loopt Nola op hoge poten

het kantoor uit.
De anderen kijken haar verbouwereerd na.
'Nou ja,' zegt De Wilde. 'De brutaliteit. Zoiets geloof je toch niet?'
Jane knikt. 'Dat zei ik toch? . Dat kind is compleet gestoord!'

Nola stormt het schoolplein op. Ze is zo kwaad dat ze een rode waas voor haar ogen heeft. Denken die idioten nu echt dat ze zo achterbaks is dat ze Fenna zo'n vuile streek zou leveren?! Er breekt een storm in haar hoofd los die pas gaat liggen wanneer Milan haar roept.
Hij staat met een groep klasgenoten bij het fietsenhok. Jamie en Jesse staan er ook bij.
Meteen is Nola haar kwade bui vergeten. In haar hoofd waait nu een zwoel lentebriesje. Dat is waar ook! Jesse had een verrassing voor me. Ik weet zeker dat hij weer verkering met me wil, maar waarom staat de hele klas erbij?
Milan wuift ongeduldig. 'Kom nou!'
Nola loopt naar de groep toe.
Jesse doet een stap naar voren.
Nola zet zich schrap. Nu komt het! Even overdenkt ze de mogelijkheid om Jesses aanzoek heel arrogant af te wijzen, om hem te laten boeten voor het uitmaken van hun verkering, maar ze bedenkt zich meteen weer. Het eerste wat ze gaat doen, is hem zoenen. Het kan haar niets schelen dat bijna de hele klas staat toe te kijken. De hele wereld mag weten dat ze weer bij elkaar zijn! Kom maar, denkt ze terwijl Jesse naar woorden zoekt. Ik ben er klaar voor.
'Nola...' zegt Jesse een beetje aarzelend. 'We vonden het zo naar voor je dat je je geld bent verloren in het water dat we een inzameling gehouden hebben.'
Jesse haalt een hand vol geld uit zijn broekzak. 'Hij moet twee keer graaien om Nola alle muntjes en briefjes te overhandigen. `Kijk eens,' zegt hij trots. `150 euro. Dan kun je

toch nog mee op kamp.'
Nola is sprakeloos. Dit is niet wat ze verwachtte.
'Nou, wat vind je ervan?' vraagt Jamie. 'Vet toch? Iedereen heeft meebetaald, zelfs Fenna!'
Nola staart nog steeds zwijgend naar het geld.
Jesse pakt haar hand en geeft het aan haar. 'Niet zo bescheiden. Zo ken ik je helemaal niet.'
Shit, schiet het door Nola's hoofd. Wat nu? Ik kan ze onmogelijk vertellen dat ik gelogen heb. Dan blijft er van mijn geloofwaardigheid helemaal niets meer over.
Het enige wat Nola kan bedenken, is schaapachtig lachen. 'Jeetje jongens, wat moet ik zeggen?'
'Niets,' zegt Jamie. 'Je bent onze vriendin en voor onze vrienden doen we alles.' Ze kijkt naar de anderen. 'Toch, jongens?'
De groep knikt.
Voordat Nola zich druk kan maken over wat ze moet zeggen, komt haar moeder Vanessa het schoolplein op lopen en ziet Nola met het geld in haar handen staan.
'Nola? Wat is hier in vredesnaam aan de hand?'
'We hebben geld ingezameld voor Nola,' zegt Jesse.
Vanessa kijkt hem vragend aan. 'Ingezameld? Waarom?'
'Omdat ze haar geld in de sloot verloren is,' zegt Jamie met een glimlach. 'Hoe tof is dat?'
Vanessa's gezicht betrekt. Ze is boos en dat steekt ze ook niet onder stoelen of banken. 'Wat is dit voor onzin?' vraagt ze aan Nola. 'Eerst word ik gebeld door meneer Folmers omdat er iets aan de hand is en nu neem je geld aan waar je geen recht op hebt?'
De groep kijkt verbaasd op. 'Hoezo, geen recht?'
Vanessa trekt het geld uit Nola's hand en geeft het aan Jesse. 'Ik weet niet wat Nola jullie verteld heeft, maar ze heeft helemaal geen geld verloren. Ze heeft dat geld nooit gehad.'
Er gaat een schok door de groep. 'Heb je gelogen?' vraagt

Jesse verontwaardigd.
Nola schaamt zich zo dat ze niet weet wat ze moet zeggen.
Vanessa trekt haar bij de groep vandaan.
'Waar ben je in godsnaam mee bezig? En waarom word ik op het matje geroepen bij meneer Folmers?'
'Omdat ze denken dat ik Fenna kaal heb willen maken,' antwoordt Nola, die de woede weer in zich op voelt borrelen.
Vanessa begrijpt er helemaal niets van. 'Hoe bedoel je kaal maken?'
'Met de ontharingscrème. Iemand heeft de potjes verwisseld!'
Nola verwacht dat haar moeder haar meteen gelooft, maar Vanessa peinst er niet over.
'Wat een belachelijke smoes! Waarom zou Fenna over zoiets verschrikkelijks liegen?'
'Omdat ze niet wil dat ik op haar feestje kom!' roept Nola. Haar stem klinkt zo luid dat iedereen op het schoolplein haar kan horen.
'Fenna haat mij omdat ze achter Jesse aan zit,' gaat Nola verder. 'Daarom wil ze ook niet dat ik meega op kamp, zodat ze hem kan inpikken!'
Hoe harder Nola schreeuwt, hoe minder Vanessa haar gelooft. 'Wat is er toch met je aan de hand? Heb je soms problemen?' Ineens bedenkt ze zich iets. Haar stem wordt meteen een stuk milder. 'Je wordt toch niet gechanteerd, met een foto of een filmpje? Of heb je een relatie met een loverboy?'
'Een loverboy?!' Nola vindt het idee te belachelijk voor woorden. 'Doe toch niet zo idioot, mam!'
Vanessa's irritatie steekt meteen weer de kop op. 'Jij gedraagt je als een idioot, Nola! Ik denk dat het hoog tijd wordt dat jij je excuses gaat aanbieden. Aan Fenna, aan meneer Folmers en aan je klasgenoten, want je hebt ze allemaal voorgelogen!'

De woorden van Vanessa worden vol ongeloof door de andere leerlingen aangehoord.
Nola heeft Fenna expres kaal proberen te maken. Ze zijn even sprakeloos van verontwaardiging. Dit hadden ze nooit achter haar gezocht. Oké, ze deed de laatste tijd best wel een beetje vreemd, maar een aanslag plegen op een klasgenoot? Zoiets verwacht je van Boy en niet van iemand die tot voor kort het populairste meisje van de klas was.
Nola ziet de afkeurende blikken van haar klasgenoten en hoe ze zich roddelend van haar afkeren.
Ze draait zich vol ongeloof naar haar moeder. `Heb je nu je zin mam? Kijk eens hoe mijn klas reageert. Nu denkt iedereen dat ik het gedaan heb!' .
Vanessa is niet onder de indruk van Nola's verontwaardiging. Ongeduldig kijkt ze haar aan. 'Nou, komt er nog wat van?'
Nola begrijpt dat antwoorden geen zin heeft. Alles wat ze zegt, wordt toch verkeerd uitgelegd.
Ze draait zich om en loopt het schoolplein af.
Nola's schaamte wordt overschaduwd door het verraad dat ze voelt. Haar moeder heeft haar laatste beetje geloofwaardigheid van haar afgenomen. Nu kan ze zich nooit meer normaal op school vertonen.
Nola voelt een mengelmoes van emoties door haar lichaam stromen. Schaamte, woede en verdriet spoelen elke andere gedachte uit haar weg tot er niets anders overblijft dan diepe ellende.
Het liefst was ze in huilen uitgebarsten, maar die vernedering kan ze zichzelf nog net besparen.
'Je wordt hartelijk bedankt, mam!'

Het rotgevoel laat Nola de rest van de dag niet los. 's Avonds zit ze alleen in haar kamer op haar bed naar haar laptop te staren.
Ze checkt Fenna's social media pagina en bekijkt de foto's

en filmpjes die ze van haar verjaardagsfeest post.
Nola kan de lachende gezichten van haar klasgenoten bijna niet aanzien. Het liefst zou ze de laptop in een hoek smijten. Met elke vrolijke foto daalt haar zelfrespect. Het klinkt misschien dramatisch, maar ze heeft zich nog nooit zo ellendig gevoeld.
Wanneer ze stuit op een foto van Fenna die samen met Jesse in de jacuzzi zit, bereikt ze het dieptepunt.
De tranen die ze op het schoolplein nog heeft weten terug te dringen, laat ze nu de vrije loop. Snikkend klapt Nola de laptop dicht. Ze begraaft haar hoofd in haar kussen. Nu weet ze hoe het voelt om door iedereen uitgekotst te worden. Ze voelt zich net zo'n verschoppeling als Boy. Nu bevindt ze zich onder aan de populariteitsladder, en zelfs nog lager dan dat. Als er een kelder zou zijn waar alle misfits als slangen over elkaar heen kruipen, dan zou zij zich daar nog onder bevinden. Onder de vloer, in de grond, in een graf met een kilometers dikke laag aarde boven op haar beschaamde hoofd.
Het leven is soms onvoorstelbaar hard.

13

Vandaag begint het schoolkamp. Voor de school staan twee bussen die volstromen met ongeduldige brugklassers Iedereen is vrolijk en uitgelaten. Nog maar een paar minuten en ze vertrekken naar Drenthe voor een paar heerlijke dagen van plezier en wie weet, romantiek!
Milan Jesse en Jamie staan een beetje afgezonderd van de rest op hun beurt te wachten. Ze kijken toe hoe mediatheekmedewerker Max door zijn vriendin op de vingers wordt getikt. ‘Elke dag bellen. Drie keer!’ zegt ze streng. ‘Als je opstaat, na het eten en voordat je gaat slapen!’
Max knikt en geeft haar een kus. Het zijn natuurlijk belachelijke eisen, maar hij is als de dood dat ze het uitmaakt. De meiden moeten stiekem lachen. Via Klikker weten ze dat Max vreemd is gegaan met juffrouw Cruz van biologie. Dat zijn vriendin hier iets over gelezen heeft is uitgesloten, want Klikker is alleen toegankelijk voor leerlingen, maar dat ze iets vermoedt, is duidelijk. Waarom zou hem anders zo controleren?
Het is eigenlijk best sneu voor Max dat hij nu als een schoothondje wordt behandeld. Het is best een leuke gozer en volgens de meiden is juffrouw Cruz een stuk aardiger dan die strenge vriendin van hem.
Gelukkig hebben ze zelf geen last van jaloerse vriendjes. Ze zijn namelijk heel wat van plan. Er gaan genoeg leuke jongens mee om een geweldige tijd mee te hebben en wie weet leidt dat zelfs wel tot verkering!
Ook Fenna is druk bezig met relaties. Die tussen haar en Jesse welteverstaan. Jesse vindt haar leuk, dat is na haar

feestje overduidelijk. Ze hebben zelfs gezoend! Veel meer dan een voorzichtige kus op Jesses wang was het niet, maar voor Fenna betekent de zoen de opstap naar echte verkering. Ze is dan ook vastbesloten om tijdens het kamp toe te slaan. Haar zelfvertrouwen na Nola's laatste blunder is groter dan ooit. Als Jesse haar al terug zou willen, dan is die kans nu voorgoed verkeken. Jesse is van haar. Daar kan niemand meer iets aan veranderen.

Om haar populariteit nog een extra boost te geven, deelt Fenna tijdens het instappen een afterpartycadeautje uit, een kingsize lolly en een grote zak snoep voor onderweg.

Jesse wil als laatste aansluiten, maar wordt tegengehouden door Nola.

'Hai,' zegt ze zacht.

Jesse begroet haar met een kille blik. 'Wat is er?'

Nola voelt de onzekerheid toeslaan. Nu ze voor Jesse staat, komt de schaamte weer terug. Ze krijgt geen woord over haar lippen.

Jesse knikt naar de bus. 'Ik moet instappen.'

'Nee,' zegt Nola en ze trekt Jesse naar zich toe. 'Ik moet je wat vragen.'

Jesse kijkt haar strak aan. 'Wat?'

'Geloof je Fenna? Dat ik die potjes verwisseld heb?'

Jesse haalt zijn schouders op. 'Het maakt toch niet uit wat ik geloof, of wel?'

Hij trekt zijn arm los en stapt in de bus.

Voor mij wel, denkt Nola die teleurgesteld achterblijft.

Ergens diep in haar achterhoofd had ze gehoopt dat Jesse haar kant zou kiezen en haar zou vergeven.

In plaats daarvan moet ze terneergeslagen toekijken hoe Fenna haar vanachter het raam van de bus uitlacht. Ze heeft de plaats naast haar vrijgehouden voor Jesse. Wanneer hij naast haar gaat zitten, rijdt de bus weg.

Nola kijkt hem lang na. Dan wordt er een hand op haar schouder gelegd. Het is De Jong.

'Zo, jongedame,' zegt ze met een spottende glimlach. 'Ik heb nog een paar leuke klusjes voor je.'

Een halfuur later zit Nola op haar knieën op het schoolplein kauwgom van de straat te schrapen.
Boy doet hetzelfde klusje.
Het tweetal heeft nog geen woord met elkaar gewisseld als Joy, Selma en Feline het schoolplein op komen lopen. De meiden zitten met Boy in de tweede klas.
'Balen dat je nu straf hebt,' zegt Selma. Ze knikt naar Boy. 'En dan ook nog samen met hém.'
Feline lacht. 'Straf is al erg, maar zeker met de grootste loser van de school.'
'En dat alleen maar omdat je een flesje yoghurt over zijn hoofd gegoten hebt?' Joy sist tussen haar tanden. 'Tsss, zooo oneerlijk.'
Nola knikt. De meiden weten dus niets van het geld en het gedoe met Fenna. Gelukkig maar, zo zijn er tenminste nog een paar mensen op school die gewoon met haar willen praten.
De meiden wensen Nola veel sterkte en lopen richting school.
Ze maken Boy nog even belachelijk wanneer ze hem passeren.
'Goed schrapen, hoor,' giechelt Joy. 'En niets opeten, hè?'
Boy kijkt hen minachtend na. 'Stomme grieten!'
Er wordt niet op gereageerd.

Nola gaat op zoek naar een volgende plak kauwgom. Ze vindt er één vlak naast Boy.
Als ze op haar knieën naast hem gaat zitten, begint ze een gesprek. Waarom weet ze eigenlijk niet. Boy heeft haar nog niet één keer aangekeken en ook nu heeft hij zijn hoofd van haar afgewend.
'Waarom heb je altijd dezelfde kleren aan?'

Boy draait zich naar haar toe.
Nola verwacht een boze reactie, maar die komt niet. Tot haar verbazing volgt er een serieus antwoord.
'Mijn ma heeft geen geld voor andere.'
Boy's antwoord heeft iets zieligs. Als Nola zijn vlakke blik ziet, krijgt ze bijna medelijden met hem. 'Geeft je moeder dat allemaal uit aan drank, of zo? Slaat ze je daarom ook?'
Nola schrikt een beetje van haar vraag. Hij floepte er zomaar uit, zonder dat ze erbij nadacht.
Als ze de kwade blik van Boy ziet, heeft ze meteen spijt.
Boy kookt bijna van woede. 'Hou je kop!' schreeuwt hij. `Alsof het zo lekker gaat bij jou thuis! Ik zeg toch ook niks over die vader van je?!'
'Daar hoef je ook niks van te zeggen,' antwoordt Nola koel. 'Mijn ouders zijn "gewoon" gescheiden, net als zoveel mensen in Nederland.' Ze kijkt Boy indringend aan. 'Waar is jouw vader eigenlijk?'
'Die is "gewoon" dood!' zegt Boy zonder aarzelen. 'Ben je nou blij?'
Nee, natuurlijk is Nola daar niet blij mee. Nu pas realiseert ze zich dat ze te ver is gegaan. De dood van je ouders is iets verschrikkelijks. Dat geldt voor iedereen, dus ook voor Boy.
'Sorry,' zegt ze, oprecht gemeend. 'Dat was gemeen van me.'
Boy geeft geen antwoord. De opmerking van Nola heeft een gevoelige snaar geraakt. Het is alsof ze een steen tegen zijn hoofd gegooid heeft met daarop de mededeling: JE BENT ZIELIG!
Hij zou haar nog verder uitgescholden hebben, als er niet een kern van waarheid in zat. Hij heeft inderdaad een nogal treurig bestaan. Niet dat hij zichzelf zielig vindt, maar als hij de keus had, zou zijn leven er heel anders uitzien. Normaal. Misschien wel doorsnee. Als je hem diep in zijn hart kijkt, zou hij het liefst een leuke vriendin hebben bij

wie hij zijn hart kan luchten. Eigenlijk mist hij dát nog het meest. Iemand die hem begrijpt en van hem houdt om wie hij écht is.

Nola worstelt met haar eigen gevoelens. Ook zij heeft het idee dat ze er helemaal alleen voorstaat. Niet zoals Boy, die het met zijn grote mond opneemt tegen de hele wereld, maar als een drenkeling die wanhopig op zoek is naar een reddingsvest. Ze maait met haar armen in het rond, in een poging weer grip te krijgen op haar leven.
Het enige houvast die ze vindt, is bij haar klasgenoten, ook al voelt ze zich daar alleen nog maar ellendiger door.
’s Nachts bekijkt ze de filmpjes die ze op Klikker en Instagram hebben gezet. Met een mengeling van jaloezie en spijt ziet Nola hoe iedereen een te gekke tijd heeft. Het bezoek aan het safaripark was ge-wel-dig! Althans, als ze de comments mag geloven.
Hoewel ze graag zelf ook een bezoek had gebracht aan de leeuwen en de olifanten, is dit niet de reden waarom ze zich zo waardeloos voelt.
Het zijn de stories van Fenna die haar écht verdriet doen.
Ze zwermt als een mug om Jesse heen en grijpt elk moment aan om hem aan te raken of leuke dingen tegen hem te zeggen. Tot overmaat van ramp gaat Jesse er nog op in ook. Nola bereikt de grens van haar incasseringsvermogen wanneer hij gearmd met Fenna door het park loopt en ze hem een zoen op zijn wang geeft.
De grond zakt onder Nola’s voeten vandaan. Ze stort in een afgrond die zo diep en donker is dat ze de bodem nooit zal bereiken. Het is nu echt afgelopen tussen haar en Jesse. Het is wel duidelijk dat hij voor Fenna heeft gekozen.
Nola laat zich op het bed vallen. Ze huilt, voor de zoveelste keer!

14

Nola rent haastig de school in. Het is kwart voor negen, ze is een kwartier te laat voor haar strafcorvee. Ze moet vandaag de kluisjes boenen. Een rotwerkje, maar in elk geval beter dan die smerige kauwgom van het schoolplein schrapen.
Na een paar snelle passen, blijft Nola midden in de hal staan om te kijken of De Jong haar al op staat te wachten. Gelukkig heeft ze het te druk met heel andere dingen. Ze zit onderuitgezakt in haar hok, haar benen languit gestrekt op tafel. Met in haar ene hand een zak drop en in haar andere een blikje cola, kijkt ze op de computer naar haar favoriete soap.
Die is nog wel een halfuurtje zoet, denkt Nola opgelucht. Heb ik tenminste genoeg tijd om ongezien bij de kluisjes te komen.

Boy is al druk in de weer met een spons en een emmer sop. Hij zeept de deuren van de kluisjes in om ze daarna met een doek af te vegen.
Nola komt aangerend. Ze gooit haar schooltas in een hoek. 'Sorry dat ik te laat ben. Ik heb me verslapen.'
Boy glimlacht. 'Ik was al bang dat je alsnog op kamp was.'
'Bang? Dat meen je niet,' zegt Nola.
Natuurlijk meent Boy dat niet. 'Ik ben niet zo snel bang.'
'Over bang gesproken,' zegt Nola. 'Heeft De Jong nog iets over mij gezegd?'
Boy stelt haar gerust. 'Die weet van niets. Ik heb haar verteld dat je op de wc zat.' Hij grinnikt. 'Met de racekak.'

'De wat?' vraagt Nola.
'Diarree,' legt Boy uit.
Nola haalt haar wenkbrauwen op. Wat een rotsmoes, maar wel tof dat hij mij niet verraden heeft, denkt ze.
Boy drukt zijn spons in haar hand. 'Hier, nu mag jij schoonmaken. Ik neem even pauze.'
Hij gaat op de radiator van de centrale verwarming zitten. 'En graag gedaan, hè?'
Nola kijkt hem aan alsof hij gek geworden is.
'Moet ik jou bedanken? Meen je dat nou?! Deze hele situatie is jouw schuld! Als jij mij niet in de sloot geduwd had, was dit allemaal niet gebeurd. Dan was ik nu niet het lachertje van de school en was ik lekker met de rest mee op schoolkamp!'
Boy staat op. Hij haalt zijn mobiel uit zijn zak en selecteert een filmpje.
'Voordat je verdergaat met je geouwehoer, moet je eerst hier maar eens naar kijken. Dan zullen we wel zien of je dan nog steeds denkt dat het mijn schuld is.'
Boy start het filmpje en geeft de mobiel aan Nola.
Ze ziet zichzelf met haar klasgenoten bij de rand van de sloot staan. Jesse hengelt met de tak naar de bal en de meiden laten elkaar de armbandjes zien die ze van Fenna gekregen hebben.
Fenna zelf komt het beeld in lopen. Ze gaat achter Nola staan die met Jesse in gesprek is. En dan gebeurt het. Met een stiekem duwtje brengt ze Nola uit balans waardoor ze voorover in het water belandt.
Nola kan haar ogen niet geloven. 'Wat een lage streek!' Ze kijkt vragend naar Boy. 'Waarom heb je dit niet verteld? Vond je het dan niet erg dat iedereen jou de schuld gaf?'
Boy reageert onverschillig. 'Ze kunnen zeggen over me wat ze willen, maar ik ben geen verrader.'
'Jij vindt het misschien niet erg hoe anderen over je denken, maar ik wel!' zegt Nola die meteen naar routeplanner

swipet. 'Hoe heet die plaats ook alweer waar ze op kamp zijn?'
Boy denkt even na. 'Borg. Borger?'
Nola typt de plaatsnaam in.
'Wil je er soms heen?' vraagt Boy.
Nola knikt.
Boy begint spottend te lachen. 'Je bent hartstikke gek. Dat is veel te ver weg!'
Nola luistert niet. De route is inmiddels op het scherm verschenen. Ze leest de steden en dorpen op die ze onderweg tegenkomt. 'Zwolle, Emmen, Exloo.'
Boy wordt nieuwsgierig. 'Exloo? Zei je Exloo?'
'Hoezo?' vraagt Nola. 'Ben je daar weleens geweest?'
Boy probeert weer onverschillig te doen. 'Ik ken daar iemand.'
'Wie zou jij daar nou moeten kennen? Dat dorp ligt echt in the middle of freaking nowhere.'
'Het is niet belangrijk,' antwoordt Boy die geen zin meer heeft om er nog langer op door te gaan.
Nola bestudeert de route. Boy heeft gelijk. Het is een heel eind. Op de fiets is ze zeker een hele dag onderweg.
Nola concentreert zich zo op de mobiel dat ze niet doorheeft dat Joy, Feline en Selma haar richting uit lopen.
Boy heeft de meiden wel gezien. Hij draait zich van het drietal af en doet alsof hij de kluisjes aan het schoonmaken is.
De meiden hebben geen oog voor hem. Ze komen voor Nola. Hun gezichten staan op onweer.
'Waarom heb je gelogen over Fenna?' zegt Joy geïrriteerd.
Nola kijkt geschrokken op. 'Gelogen?'
Feline kijkt haar beschuldigend aan. 'Daarom mag je toch niet mee op kamp?' Ze knikt kort naar Boy die met zijn rug naar de meiden toe meeluistert. 'En niet omdat je yoghurt over het hoofd van die eikel gegooid hebt.'
Nola weet even niet wat ze moet zeggen.

Selma schudt afkeurend haar hoofd. 'Ik vind het zooo laag dat je haar kaal hebt willen maken. Echt een naaistreek!'
Nola protesteert. 'Dat is helemaal niet waar! Er is helemaal niks aan de hand met haar haar!'
De meiden geloven haar niet. 'Yeah, right.'
'En weet je wat ik nog het allerergst vind?' Feline prikt met haar vinger in Nola's bovenarm. 'Dat je tegen ons liegt.'
Selma en Joy zijn het helemaal met haar eens. 'Je bent dus niet alleen een gluiperd, maar ook nog eens een vuile leugenaar!'
Zonder de reactie van Nola af te wachten, loopt het drietal weg.
Nola kijkt ze verbouwereerd na.
Boy komt weer bij haar staan. 'Dat heb je goed voor elkaar,' zegt hij treiterend. 'Nu heb je een nog slechtere naam dan ik.'

15

Thuis, tijdens de thee, vertelt Nola dat ze erachter gekomen is dat Fenna haar in de sloot heeft geduwd.
Haar moeder reageert niet zoals ze verwacht had. Ze is nog steeds boos.
'Dat Fenna jou in de sloot geduwd heeft, betekent nog niet dat je had mogen liegen over dat geld,' zegt ze streng.
'Doe niet zo stom, mam!' klaagt Nola. 'Begrijp je het dan niet? Nu ik weet dat Fenna mij geduwd heeft, kan ik eindelijk mijn naam zuiveren.' Ze zucht. 'Had ik nu maar een mobiel. Dan zou ik Jamie en Milan kunnen appen.' Ze kijkt haar moeder smekend aan. 'Mam, zou ik alsjeblieft een nieuwe mobiel mogen? Please, please, please?'
Vanessa schudt haar hoofd. 'Sorry schat, maar ik heb nog een hele stapel rekeningen liggen.'
'En de invalidenwagen van oma dan? Als we die verkopen, hebben we toch weer geld?'
De wagen verkopen is voor Vanessa geen optie. 'Dat ding start niet. Wie wil er nu een autootje kopen dat niet start?'
Nola zet met een klap haar theemok op tafel. 'Dan ga ik wel naar papa!'
Vanessa rolt met haar ogen. 'Je doet je best maar. Misschien dat hij je het geld wil geven.'
Vanessa weet dat Nola maar wat bluft. Haar vader heeft net zo weinig te besteden als zijzelf. Niet dat hij zo weinig verdient, hij heeft een prima baan als makelaar, maar zijn vriendin is werkeloos en de lasten van hun nieuwe huis zijn zo hoog dat er zelfs met een riant salaris weinig overblijft. Bovendien is hij zo gierig als de pest. Toen ze nog bij

JESSE

BOY

FENNA

NOLA

EBRU

JAMIE

MILAN

STEEF

School

23

Camera Goof de Koning

elkaar waren moest er over elke uitgave urenlang gediscussieerd worden, vaak met ruzie tot gevolg.
Nola weet zelf ook dat een bezoek aan haar vader weinig zal helpen. Ze weet niet eens of hij haar binnen zal laten. Hun contact is niet al te best, of beter gezegd, slechter dan slecht. Het lijkt wel alsof haar vader na de scheiding alle bewijs van zijn vroegere leven heeft willen uitwissen. De laatste keer dat ze hem sprak, was door de telefoon om haar kort te feliciteren met haar verjaardag. Er kon geen cadeautje af. Zelfs geen kaartje!
Nola loopt kwaad de kamer uit. Ze weet dat ze aan het kortste eind trekt en daar valt niets aan te veranderen. Ze besluit om even een luchtje te gaan scheppen om haar hoofd weer helder te krijgen.

Eenmaal buiten kruipt ze in de invalidenwagen en probeert hem te starten. De motor sputtert en stottert, maar slaat niet aan.
Nola slaat gefrustreerd op het stuur. 'Stom ding!'
Terwijl ze kwaad voor zich uitstaart, loopt Boy met zijn hond voorbij. Hij heeft een vuilniszak bij zich. Achter hem strompelt zijn moeder op haar stok. Haar schelle stem doet Nola opkijken.
'Zet neer dat ding! Of ben je soms met die zak getrouwd?!'
Boy sjokt naar de afvalberg aan de rand van de stoep. Rex dartelt blaffend om hem heen. Er zit iets in de vuilniszak waar hij helemaal wild van wordt.
Voordat Boy de zak op straat kan zetten, bijt Rex in het plastic en scheurt het open.
Boy raakt verstrikt in zijn riem waardoor hij met zak en al op straat valt. De inhoud vliegt naar buiten.
Rex begint meteen te schrokken van de etensresten. Zijn moeder wordt woedend. 'Kijk nou wat je doet, idioot!' Ze geeft hem een harde klap tegen zijn hoofd. 'Opruimen!'
Boy krimpt als een klein kind in elkaar. 'Maar...'

Voordat hij zijn zin kan afmaken, krijgt hij nog een klap.
'Opruimen zei ik!'
Als Boy niet nog meer klappen wil, zit er niets anders op dan haar te gehoorzamen. Terwijl zijn moeder met Rex wegloopt, zakt hij door zijn knieën en raapt de resten van een shoarmamaaltijd van straat. De droge slierten vlees, vermengd met stinkende knoflooksaus en snotterige stukken sla druipen tussen zijn vingers door.
Nola kijkt nog steeds vanuit de wagen toe. Ze wordt overvallen door een vreemd gevoel. Ze kent het gevoel wel, maar niet in combinatie met Boy. Het is medelijden. Ze vindt het zielig hoe hij in de vuiligheid moet graaien. Met zijn blote handen nog wel! Nola wordt al misselijk als ze ernaar kijkt. En dan gebeurt er iets wat ze niet voor mogelijk had gehouden. Ze voelt sympathie voor hem. Ik moet hem helpen, schiet het door haar hoofd.
Ze stapt de wagen uit en rent naar boven, naar huis. Daar pakt ze een stoffer en blik en een rol keukenpapier.
Haar moeder kijkt haar verbaasd aan. 'Wat ga je doen?'
'Schoonmaken,' zegt Nola.
'Ga je eindelijk eens aan je kamer beginnen?'
Vanessa bedoelt het als grap, maar Nola kan er niet om lachen.
'Ik ben nog steeds boos op je, mam,' zegt ze gespeeld streng. 'Maar ik moet bekennen dat je niet de aller slechtste moeder op aarde bent.' De glimlach op haar gezicht verraadt dat ze Vanessa allang weer vergeven heeft.
Ook Vanessa glimlacht. 'Nou, gelukkig maar. Stel je toch eens voor dat we op dezelfde manier met elkaar zouden omgaan als Boy en zijn moeder.'
Dat is het, denkt Nola. Daarom heb ik medelijden met hem. Het komt door zijn moeder. Als ik zelf met zo'n moeder had moeten opgroeien, zou ik misschien net zo zijn geworden als hij. Nola geeft Vanessa een kus. 'Dank je, mam.'

'Voor wat?' vraagt Vanessa.
Nola loopt lachend weg. 'Gewoon, dat je er bent.'

Boy is verrast als Nola hem komt helpen. Hij is niet gewend aan vriendelijkheid en zeker niet van iemand die er tot voor kort nog van overtuigd was dat hij de grootste eikel van Nederland is.
Na een paar minuten vegen en poetsen is alle troep opgeruimd.
'Thanks,' zegt Boy als ze op de stoeprand even uitpuffen.
Nola glimlacht zwijgend. Ook zij is niet gewend dat Boy vriendelijk doet. Het is even wennen, deze nieuwe situatie. Ze zijn duidelijk nog geen vrienden, maar haar mening over hem is wel iets bijgesteld. Nola vindt Boy nog steeds een griezel, maar dan wel eentje met opvallend vriendelijke ogen. Heel anders dan de gluiperige blik waarmee hij haar meestal bekijkt.
Boy kijkt ook op een andere manier naar Nola. Voor het eerst ziet hij haar als een gewoon meisje en niet als een zeurende trut.
'Ik zag je net in de wagen zitten,' zegt hij na een lange stilte.
Nola knikt.
'En?'
Nola schudt haar hoofd. 'Nog steeds stuk.'
Er valt weer een stilte.
Boy buigt peinzend zijn hoofd. Dan staat hij op en stapt erin.
'Wat doe je?' vraagt Nola als ze naast hem gaat zitten.
Boy steekt zijn handen onder het dashboard. Hij trekt er twee losgetrokken draden onder vandaan die hij handig met elkaar verbindt.
'Probeer het nu nog eens,' zegt hij en hij knikt naar het contact.
Nola start de motor. Tot haar grote verrassing slaat hij in één keer aan.

Meteen is haar gevoel over Boy weer terug.
'Dus ik had toch gelijk. Je hebt hem wél stukgemaakt!'
'Tijdelijk onklaar gemaakt,' zegt Boy. 'Wat loop je nou te zeuren? Hij doet het nu toch weer?'
Nola zwijgt. Eens een rotzak, altijd een rotzak, denkt ze. En ze heeft hem nog wel geholpen!
'Nou? Gaan we nog?' vraagt Boy.
Nola begrijpt hem niet. 'Gaan?'
Boy wijst door de voorruit. 'Je wou toch naar Jesse, naar het schoolkamp?'
'Wat, hiermee?' vraagt Nola verbaasd.
Boy knikt. 'Of was je echt van plan om te gaan fietsen?'
Het was niet bij Nola opgekomen om met de oude invalidenwagen van oma te gaan, maar ze vindt het eigenlijk wel een goed idee.
'Stap uit dan,' zegt ze tegen Boy met een dwingend hoofdgebaar.
Boy blijft zitten. 'Uitstappen? Dacht het niet. Ik ga met je mee.'
'Echt niet!' roept Nola uit.
'O nee?' Boy steekt zijn handen weer onder het dashboard. 'Zal ik het contact maar weer stukmaken dan?'
Nola duwt zijn handen weg. 'Blijf ervan af!'
'Luister,' zegt Boy. 'Laten we er geen ruzie om maken. Jij wilt naar Jesse en ik wil...'
'Ja, wat?' vraagt Nola. 'Wat wil jij?'
Boy maakt een achteloos gebaar. 'Gewoon weg.'
Nola twijfelt. Het lijkt haar geen pretje om urenlang met Boy in zo'n kleine ruimte te zitten. Aan de andere kant vindt ze het ook wel eng om alleen op reis te gaan. Stel je voor dat ze overvallen wordt. Dan kan de aanwezigheid van Boy haar nog goed van pas komen. Met zijn aso gedrag kan hij eventuele creeps mooi wegjagen.
'Goed,' zegt Nola. 'Maar als je vervelend doet, schop ik je eruit!'

Boy lacht. 'Schoppen, jij?'
'Zal ik het even voordoen?' dreigt Nola.
'Hoeft niet. Ik geloof je,' grinnikt Boy. Hij steekt plechtig zijn hand op. 'Ik zweer dat ik niet vervelend zal doen.'
Nola stemt met tegenzin in. 'Oké dan.'
Boy lacht. Hij slaat als startschot met zijn vlakke hand op het dashboard. 'Let's go!'
Nola trapt het gaspedaal in. De wagen schiet naar voren, recht op een geparkeerde auto af.
'Hooo!' Boy grijpt het stuur en geeft er een ruk aan.
De invalidenwagen ontwijkt de auto op het nippertje. En met dezelfde snelheid schiet de auto terug naar de flat.
Boy ziet hoe ze op het punt staan dwars door de glazen pui naar binnen te rijden. 'Stop!' roept hij over de ronkende motor heen.
Nola zit verstijfd achter het stuur. Ze heeft geen idee wat ze moet doen.
Boy trapt op de rem.
Met een ruk komen ze vlak voor de pui tot stilstand.
Nola haalt opgelucht adem. Haar handen trillen van schrik.
'Heb je ooit weleens eerder in zo'n ding gereden?' vraagt Boy als zijn hartslag weer genormaliseerd is.
Nola schudt haar hoofd. 'Ik dacht dat het niet zo moeilijk zou zijn. Mijn oma heeft tenslotte ook in dit ding gereden!'
'Laat mij maar,' zegt Boy en hij wisselt met Nola van plaats.
'Klaar?'
Nola knikt. 'Gassen maar!'
Boy trekt beheerst op. Pruttelend gaan ze op weg.

16

Het duurt meer dan een uur voordat ze eindelijk de stad verlaten.

Daarna volgt een rit over fietspaden en smalle weggetjes, dwars door een landschap dat steeds groener wordt.

De sfeer in de wagen is niet al te best. Het karretje is zo krap dat Nola en Boy dicht tegen elkaar aan zitten. Hun hoofden stoten bijna tegen het dak.

Op het pruttelende geluid van de motor na, is het stil. Nola en Boy hebben elkaar niets te vertellen. Boy concentreert zich zwijgend op de weg en Nola staart wat voor zich uit.

Langzaam trekken de uitgestrekte weilanden met grazende koeien aan hen voorbij.

Zo af en toe kijkt Nola naar Boy in de hoop dat hij iets leuks te vertellen heeft, maar hij reageert niet.

Zie je nou wel? Denkt ze. Ik had gewoon alleen moeten gaan.

Het is alsof Boy haar gedachten kan lezen als hij zich naar haar toedraait. 'Spijt?'

Nola doet net alsof ze hem niet begrijpt. 'Waarvan?'

'Dat we zijn gegaan. Je hebt nog geen woord gezegd.'

Nola reageert verontwaardigd. 'Jij bent anders ook niet bepaald gezellig.'

'Ik moet op de weg letten,' zegt Boy. 'Je wilt toch niet dat we verdwalen, of wel soms?'

Natuurlijk wil Nola dat niet. Stel je voor dat ze hun bestemming niet op tijd halen, dan moeten ze de nacht met elkaar doorbrengen.

'Is er geen muziek?' vraagt ze.

'Gaat niet,' zegt Boy. 'Ik heb mijn navigatie aanstaan.' Hij kijkt op zijn mobiel die voor hem op het dashboard ligt. Volgens de kaart moet hij bij de eerste kruising rechts afslaan, maar hij kan alleen maar rechtdoor.
In de verte ziet Boy een viaduct waar een snelweg overheen loopt.
'Hoe kan dat nou?' moppert hij hardop.
Nola kijkt ook op zijn mobiel. Ze lacht. 'Je hebt de navigatie op auto ingesteld.'
Boy voelt zich ineens heel dom. 'Lekker handig!'
'Ik zet hem wel even goed,' zegt Nola die de instelling verandert. Er verschijnt een nieuwe route. Hij is een stuk langer dan de eerste waardoor ze zeker een paar uur langer onderweg zullen zijn. Nola twijfelt ineens of ze wel verder moeten.
'Wat is er?' vraagt Boy. 'Waarom kijk je zo?'
'Ik weet niet of dit wel zo'n goed idee is.'
'Hoezo? Vertrouw je de navigatie niet?'
'Nee, dat is het niet. Ik bedoel, om naar het schoolkamp te gaan.'
Boy gaat achterover zitten. 'Je wilt het Fenna toch betaald zetten?'
Nola knikt.
'Nou dan! Dan moet je iets doen!' Boy's stem klinkt overtuigend. 'Hoe denk je dat het voelt als ze straks terugkomen en blijkt dat Jesse en zij verkering hebben?'
'Verkering?!' Nola moet er niet aan denken. Dat zou echt verschrikkelijk zijn en dat terwijl ze de afgelopen dagen al zoveel vervelende dingen heeft meegemaakt.
'Maar redden we het wel in dit ding?' Ze duwt tegen het portier dat hard kraakt. 'Ik heb het gevoel dat hij elk moment uit elkaar kan vallen.'
Boy grinnikt. 'Welnee. Hij mag dan misschien bedoeld zijn voor oude vrouwtjes, maar dat wil nog niet zeggen dat hij net zo gammel is. Met genoeg benzine kunnen we de hele

wereld rond.'
Nola begint te lachen. 'Een wereldreis vind ik wat overdreven. Borger vind ik ver genoeg.'
Boy lacht ook.
Zonder dat ze het doorhebben, is de sfeer opeens een stuk opgeknapt.
'Zullen we dan maar weer?' vraagt Boy die zijn handen weer aan het stuur zet.
'Is goed.' Nola checkt de navigatie nog een keer. 'We moeten hier terug en dan linksaf. En dan is het nog 180 kilometer.'
'Dan mogen we wel opschieten!' Boy draait het stuur en geeft gas.
'Borger, here we come!'

17

Het is nu een stuk gezelliger in de auto. Boy en Nola kletsen over van alles en nog wat, tot Nola onrustig op haar stoel heen en weer begint te schuiven.
‘Wat loop je nou te stressen?’ vraagt Boy. ‘We gaan toch wel de goede kant op?’
‘Ik stress helemaal niet,’ antwoordt Nola met geknepen stem. ‘Ik moet heel nodig plassen.’
Boy zet de wagen aan de kant van de weg stil. ‘Ga je gang. Ik wacht wel even.’
Nola kijkt naar buiten. Ze staan midden in een stuk niemandsland, omringd door kale weilanden.
‘Toch niet hier? Ik ben geen jongen!’
Boy rolt met zijn ogen. Meiden! Hij is blij dat hij een jongen is.
Nola pakt zijn mobiel en typt ‘openbaar toilet’ in. Er verschijnt een locatie op het scherm.
‘Tien kilometer verderop is een wc,’ zegt ze. ‘Vlak naast een meertje.’
Boy trekt meteen weer op.
‘Niet zo hobbelen!’ roept Nola. ‘Straks plas ik nog in mijn broek!’

Tegen de tijd dat ze bij het openbare toilet zijn, staat Nola op knappen. Ze springt uit de invalidenwagen en rent naar het huisje. Tot haar verbijstering ziet ze dat er een groot hangslot op de deur zit.
Het zweet breekt haar uit. Ze kan het echt niet langer meer ophouden!

Een blik op het meertje brengt haar op een idee. Ze begint te rennen. Onderweg trekt ze haar kleren uit. Eerst haar sweater, dan haar schoenen en sokken en als laatste haar broek.
Boy weet niet wat hij ziet, Nola die zich zomaar uitkleedt! Zijn eerste reactie is wegkijken, maar dan neemt zijn nieuwsgierigheid het over. Als Nola niet zo irritant zou zijn, was het best een knap meisje. Wat heet, een superknap meisje! Om haar nu bijna naakt te zien maakt veel in hem los. Natuurlijk heeft hij al heel wat gefantaseerd over meisjes, ook naakte meisjes, daarin verschilt hij niets van de gemiddelde puberjongen, maar om Nola nu in niets anders dan haar BH en slip te zien is nog veel spannender dan al zijn fantasieën bij elkaar. Het verbaast hem ook dat ze het lef heeft zich uit te kleden. Hij heeft altijd gedacht dat ze een braaf meisje was. Iemand die altijd het juiste doet en nooit eens de grens opzoekt. In een paar seconden is Nola getransformeerd van een tutje in een stoere chick. Ze is nu precies het soort meisje waar Boy verliefd op zou kunnen worden.
Hij volgt haar met grote ogen als ze het water in rent. Dan krijgt hij een idee. Snel kleedt hij zich uit en rent in zijn onderbroek naar het meertje toe.
'Nee, niet het water in!' roept Nola die net haar plas laat lopen.
Boy luistert niet en laat zich naast haar in het water ploffen.
'Wat wordt het water ineens warm,' grapt hij.
Nola schaamt zich kapot. 'Idioot!'
Ze spat Boy nat met water.
Het is het begin van een watergevecht. Als twee kleine kinderen spat het tweetal elkaar nat. Ze gaan zo in hun spel op dat geen van tweeën zich nog de nare dingen herinnert die tussen hen gebeurd zijn. Het is een leuk, maar ook awkward moment vooral omdat ze allebei bijna naakt zijn.

Boy kan zijn ogen niet van de BH van Nola afhouden. Omdat hij nat is, kan hij er bijna doorheen kijken.
Nola merkt dat Boy steeds naar haar kijkt. Vreemd genoeg voelt ze zich er niet ongemakkelijk onder. Onder normale omstandigheden zou ze het verschrikkelijk vinden als Boy zo naar haar zou staren, maar nu vindt ze het eigenlijk best wel spannend. Boy's naakte lijf maakt ook wel iets in haar los. Niet dat ze meteen allerlei rare gedachten krijgt. In het zwembad en op het strand ziet ze genoeg half blote jongens waar ze ook vaak genoeg mee gezwommen heeft. Toch hangt er een bepaalde spanning in de lucht die de situatie anders maakt dan een normale dag met vrienden. Als Boy Jesse was geweest, was het zeker op zoenen uitgelopen en wie weet zelfs nog wel meer.
Maar Boy is Boy, een irritante jongen die er best wel leuk uitziet en waarmee je onverwacht toch heel wat plezier kunt hebben.
Als Nola en Boy het koud krijgen, gaan ze terug naar de kant.
Boy biedt Nola zijn T shirt aan om zich mee af te drogen. Zelf heeft hij genoeg aan zijn sokken.
Nadat ze aangekleed zijn, kruipen ze in de wagen om op te warmen.
'Honger?' vraagt Boy.
Nola knikt. Door het koude water heeft ze niet gemerkt dat haar maag heel hard knort.
'Pizza?'
Het water loopt Nola in de mond. 'Lekker, maar hoe dan? Ik heb geen geld en we zijn hier nou niet bepaald in de bewoonde wereld.'
Boy haalt een tientje uit zijn zak. 'Van mijn moeder gejat,' zegt hij met een grijns.
Hij pakt zijn mobiel en selecteert een pizzeria in de buurt. 'Ze zijn er over een halfuurtje,' zegt hij nadat hij zijn bestelling geplaatst heeft.

Nola denkt dat hij maar wat bluft, maar inderdaad, een halfuur later komt er een pizzakoerier aanrijden.
Nola krijgt een pizza met mozzarella. Boy heeft zijn pizza liever iets pittiger, met pepers en pikante kip.
Het zijn de lekkerste pizza's die ze ooit gegeten hebben. De situatie heeft ook iets speciaals zo samen in een klein autootje, dicht bij elkaar met uitzicht op een romantisch meertje. Als ze niet beter zouden weten, zouden ze zich in een romantische film wanen.

De pizza's zijn veel te snel op, maar de speciale sfeer hangt nog wel in de lucht.
'Zou je zelf niet even willen rijden?' vraagt Boy.
Dat lijkt Nola wel wat en ze wisselen van plaats.
Boy legt Nola precies uit wat ze moet doen. Starten, gas geven en sturen. Het is heel simpel.
Nola vindt het nog best lastig, maar met Boy's hulp heeft ze het rijden snel onder de knie.
Na een paar proefrondjes is ze geslaagd voor het examen.
Nola is zo enthousiast dat ze Boy omhelst. Het is een fijn, maar ook wat vreemd moment. Het is de eerste keer dat ze elkaar zo vasthouden waardoor ze zich niet echt een houding weten te geven.
Wat beschaamd laten ze elkaar weer los.
'Zullen we gaan?' vraagt Boy met een blos op zijn wangen.
Ook Nola bloost. Zwijgend drukt ze het gaspedaal in. Het gesputter van de auto overstemt haar zucht. Dit was vet awkward.

Ze vervolgen hun weg. Pruttelend trekt het karretje door het Drentse landschap vol smalle wegen die als linialen door weilanden en bossen trekken.
Boy geniet van het uitzicht. Nu hij zelf niet hoeft te rijden, heeft hij tijd om uitgebreid om zich heen te kijken. Toch trekt zijn blik elke keer naar Nola die zich op de weg con-

centreert.
Als ze zijn ogen in haar wang voelt prikken, kijkt ze opzij. 'Wat?'
Boy schudt zijn hoofd. 'Niets. Ik vroeg me alleen af of je niet moe bent. We zijn al uren aan het rijden.'
'Hoe laat is het dan?' vraagt Nola.
Boy kijkt op zijn mobiel. 'Bijna zes uur.'
Nola schrikt. 'Zo laat al?! En hoever moeten we nog?'
'Nog zo'n zestig kilometer,' antwoordt Boy.
Nola slaat gefrustreerd op het stuur. 'Dat redden we nooit voor het donker en we zijn te ver om nog terug te gaan.' Ze stopt en pakt Boy bij zijn arm. 'Ik heb geen zin om vannacht in dit ding te slapen, snap je?'
Het maakt Boy niet zoveel uit. Het laatste wat hij wil, is teruggaan. Terug naar zijn moeder en haar dronken buien. Dan is het vooruitzicht om samen met Nola in de invalidenwagen te slapen een stuk aantrekkelijker.
Nola maakt zich zorgen. Voor het eerst sinds hun vertrek denkt ze aan haar moeder. 'Wat zal ze denken, als ik straks niet thuiskom?'
'Dan bel je haar toch even?' zegt Boy.
'En wat dan? Om te vertellen dat ik ervandoor ben gegaan?'
'Verzin gewoon een smoes. Zeg dat je bij je pa bent.'
'Mijn vader?' Nola maakt een wegwerpgebaar. 'Die heeft te druk met zijn vriendinnetje.'
'Vriendinnetje?' herhaalt Boy. 'Ging-ie vreemd?'
Nola knikt. 'Toen mijn moeder erachter kwam, was het al drie jaar aan de gang.'
Boy haalt zijn neus op. 'Wat een eikel.' Het floept eruit voordat hij er erg in heeft. 'Sorry, ik bedoel...'
Nola haalt onverschillig haar schouders op. 'Het is al goed. Je hebt gelijk. Het is niet eerlijk dat hij de benen genomen heeft. Mijn moeder heeft er nog altijd veel verdriet van en ik ook.'
'Dat snap ik,' zegt Boy. 'Ik mis mijn vader ook.'

In de korte stilte die valt, denken Nola en Boy aan alle momenten die ze met hun vaders hebben moeten missen. Geen uitreiking van het zwemdiploma, geen avondvierdaagse, geen afscheidsavond van de basisschool. Hun afwezigheid heeft voor een grote leegte gezorgd.
'Nou, wat doen we?' vraagt Boy. 'Bellen of doorrijden?'
Nola begrijpt dat ze niet nog langer van huis kan blijven zonder iets tegen haar moeder te zeggen. Met een beetje pech heeft ze de politie al gebeld en is iedere agent in Nederland naar haar op zoek.
Ze zucht. 'Mag ik je mobiel even lenen?'
Even later heeft ze haar moeder aan de lijn. 'Ik ben bij papa, mam,' hoort Boy haar zeggen. Het antwoord van Vanessa kan hij niet horen, maar uit Nola's reactie blijkt dat ze het niet meteen gelooft.
'Zal ik hem even geven?' zegt ze meer dwingend dan vragend.
Vanessa voelt geen enkele behoefte om iets tegen haar ex te zeggen. Ze zijn al jaren verwikkeld in een nare alimentatiestrijd en het laatste wat ze wil, is ruzie.
'Overmorgen ben ik weer thuis,' zegt Nola en ze hangt zonder haar moeders antwoord af te wachten op.
Boy pakt zijn mobiel van haar aan. Hij ziet dat Nola het moeilijk heeft. Liegen is voor hem heel gewoon, maar Nola gaat het duidelijk moeilijk af.
'Gaat-ie?' Boy's stem klinkt verrassend meelevend.
Nola knikt. Zonder iets te zeggen start ze de wagen. In stilte gaan ze weer op weg.

18

Op het schoolkamp heeft de klas van Nola zo zijn eigen problemen. Hoe ze elkaar buiten het zicht van de docenten kunnen ontmoeten bijvoorbeeld. Niet dat ze geen contact met elkaar mogen hebben, ze gaan de hele dag gewoon met elkaar om, dus dat is het probleem niet. 's Avonds na bedtijd is het alleen een heel ander verhaal.
Alhoewel de leerlingen allang geen kleuters meer zijn, worden ze nog wel zo behandeld.
Er zijn vaste regels waar niet van afgeweken wordt. Vroeg opstaan voor de gezamenlijke ochtendgymnastiek. Ontbijten, lunchen en om zes uur avondeten. Daarna nog even naar buiten, tandenpoetsen, pyjama aan en naar bed.
Wat een onzin! Het wordt pas echt gezellig als het donker is, zonder de spiedende blikken van de docenten. En waar zijn ze nu eigenlijk bang voor? Dat ze gaan roken, drinken of veel 'erger' nog, seks hebben? Dat is typisch iets voor volwassenen en vooral voor leraren. Die denken meteen dat pubers onder elkaar zich als losgeslagen idioten gaan gedragen die aan niets anders kunnen denken dan drank, sigaretten en seks. Ze weten toch ook wel dat je daar nog veel te jong voor bent in de brugklas. Ze zijn toch nog geen achttien? En bovendien, waarom doet iedereen zo krampachtig over een beetje flikflooien? Ze zijn toch zelf ook jong geweest?
De leukste jongen van allemaal is Jesse. Zeker in de ogen van Fenna die hem nog steeds niet heeft weten te strikken, maar ze heeft grote plannen.

Opgetogen komt ze bij de andere meiden aan de picknicktafel zitten.
'Vanavond gaat het gebeuren!' fluistert ze alsof ze verwacht dat de docenten meeluisteren. 'Om tien uur achter de slaapzaal.'
'Cool!' roept Steef.
'Hoezo?!' vraagt Fenna bits.
Steef schrikt een beetje van haar reactie. 'Nou, we gaan allemaal toch?'
'Natuurlijk gaan we allemaal,' zegt Jamie die wel begrijpt dat Fenna met Jesse afgesproken heeft. Net als de anderen in de klas weet ze dat het tweetal op het punt staat verkering te krijgen. Sinds hun aankomst zijn ze constant in elkaars buurt en ze worden met de minuut kleffer.
Jamie vindt het verschrikkelijk voor Nola.
Ze mag het natuurlijk niet zeggen, want wat is er nu mooier dan de liefde, maar ze zou het een ramp vinden als Jesse voor Fenna kiest.
Natuurlijk is het niet leuk wat Nola met die ontharingscrème gedaan heeft. Zoiets doe je gewoon niet, ook al is ze je grootste vijand. Toch vindt ze het tien keer erger wanneer je willens en wetens iemands hart probeert te breken, zoals Fenna van plan is. Daarom heeft ze zich voorgenomen er alles aan te doen om te voorkomen dat Fenna en Jesse als een stelletje op school terugkeren.
Ze staat op van tafel. 'Ik waarschuw de jongens.'
Fenna glimlacht geforceerd. Dit is niet de bedoeling! Ze wil alleen zijn met Jesse. Daar kan ze geen pottenkijkers bij gebruiken! Toch houdt ze zich groot. 'Leuk,' krijgt ze met veel moeite over haar lippen.

Boy en Nola rijden nog lange tijd door. Tijdens de rit raken

19

ze weer aan de praat. Ze roddelen over hun klasgenoten, klagen hoe het thuis is en lachen om de vooroordelen die ze over elkaar hadden. Uiteindelijk raakt de gespreksstof uitgeput, net als Nola die haar ogen nog amper kan openhouden.
Boy neemt haar plaats achter het stuur over en als Nola met haar hoofd tegen het portierraam in slaap valt, is hij alleen met zijn gedachten.
Hij verbaast zich over zijn gevoelens voor Nola. Ze is veel leuker dan hij had gedacht, ook qua uiterlijk. Vreemd dat hij nu pas ziet wat voor leuke meid ze is. Als je hem vroeger zou hebben gevraagd met welk meisje hij verkering zou willen, zou Nola de laatste zijn die in hem opgekomen was. Nu ze zo naast hem ligt te slapen en hij haar zo af en toe stiekem bekijkt, voelt hij zich vreemd warm vanbinnen. Het gevoel heeft niets met de temperatuur te maken, want het begint best fris te worden in de wagen. Het is het soort warmte dat je voelt wanneer je aan iemand denkt die je heel lief vindt. Het is best vreemd, want er zijn niet veel mensen waar Boy met liefde aan denkt. Zijn moeder is ongeveer de enige met wie hij zijn leven deelt en zij maakt hem alleen maar kwaad. Toch voelt hij dat er ergens diep van binnen een vlammetje brandt dat wacht tot het door iemand tot een laaiend vuur wordt aangewakkerd. Zou Nola dat kunnen zijn?
Boy voelt een soort vertedering als hij ziet hoe haar mond een stukje openhangt en er een dun straaltje kwijl langs haar kin loopt. Voordat hij overspoeld wordt door vlinders en roze olifanten, steekt de invloed van zijn moeder de kop

op. Ik moet niet zo soft doen. Ik ben toch geen watje?! Liefde is voor losers. En bovendien, iedereen van wie ik houd, laat me toch weer in de steek. Kijk maar naar mama die zichzelf verloren heeft in de drank, en papa die ik nooit echt gekend heb.
Toch kan Boy het niet laten om voorzichtig te glimlachen. Nola en hij die samen in een autootje de zonsondergang tegemoet rijden, is zelfs voor een pessimist reden genoeg om het leven van haar mooiste kant te zien.

Het schemert als Boy een stad binnenrijdt. Hij parkeert de wagen voor de ingang van Wildlands.
Nola wordt wakker. Met een duffe blik kijkt ze naar buiten. 'Waar zijn we?'
'Je wilde toch naar het safaripark?' vraagt Boy.
Nola veert op. Ze ziet de naam van het park met grote letters boven de ingang staan. 'Wildlands? Daar zijn ze ook met school heen geweest? '
Boy knikt. `Tof toch?'
`Maar het is bijna half negen in de avond', zegt Nola. Dan zijn ze toch gesloten? En trouwens, we hebben geen geld voor een kaartje.'
'We gaan ook niet betalen,' zegt Boy en hij laat zich onderuitzakken. 'We moeten gewoon even wachten tot het donker is.'
Nola kijkt hem vragend aan, maar krijgt niet het antwoord dat ze verwacht.
'Vertrouw me nou maar,' zegt Boy. 'Het wordt echt hartstikke leuk.'

Als het eindelijk donker is, start Boy de motor van de wagen. Hij rijdt om het park heen en zet hem op een stil plekje naast een hoge schutting weer stil.
'Je wilt toch niet écht naar binnen gaan?' vraagt Nola.
'Natuurlijk wel, dat wordt kicken.' Boy stapt zonder verde-

re uitleg uit.
Nola doet hetzelfde en volgt hem langs de schutting.
'Je bent gek! Straks worden we gesnapt!'
Boy grijnst. 'Dat maakt het juist extra tof.'
Hij stopt bij een elektriciteitskastje dat tegen de schutting staat.
'Boy, kom terug!' fluistert Nola als hij via het kastje boven op de schutting klimt.
Op de rand blijft hij zitten. Nu jij, gebaart hij.
Nola aarzelt.
'Dan ga ik alleen.' Boy zwaait zijn benen over de schutting en laat zich vallen.
Nola blijft alleen achter. 'Boy!' roept ze. 'Kom terug! Laat me hier niet alleen!'
Er komt geen antwoord.
Rotzak! Denkt Nola. Je bent geen spat veranderd.
Haar gedachten worden meteen afgestraft wanneer het hoofd van Boy boven de schutting verschijnt. 'Bang?' vraagt hij met een plagerig lachje.
Nola slaakt vanbinnen een zucht van verlichting, maar haar gezicht blijft strak in de plooi. 'Natuurlijk niet. Ik wil alleen niet dat je verdwaalt.'
Boy blijft glimlachen. 'Natuurlijk.'
Nola klimt op het elektriciteitskastje. Met Boy's hulp klautert ze over de schutting.

Op het schoolkamp bereiden de meiden zich voor op hun

20

ontmoeting met de jongens. Ze maken zich op en borstelen hun haar.
Fenna is net klaar met haar make-up. 'En?' vraagt ze. 'Hoe zie ik eruit?'
De meiden reageren vrijwel tegelijk. 'Prachtig! Je ziet er echt heeeeel goed uit!'
Ebru knikt. 'Je bent zoveel mooier dan Nola. Ik bedoel honderd keer mooier.'
Iedereen knikt instemmend.
De enige die niet meedoet met het gevlei is Jamie. 'Gelukkig heb je ook zo'n mooi karakter,' zegt ze cynisch.
De andere meiden kijken haar aan of ze gek geworden is. 'Wat heeft je karakter hier nou mee te maken? Het gaat toch om het uiterlijk, of zou jij verliefd kunnen worden op een lelijke nerd?'
Jamie geeft geen antwoord. Een lelijke nerd is niet precies waar ze naar op zoek is, maar de meeste 'mooie' jongens vindt ze maar niks, die hoppen van het ene naar het andere vriendinnetje. Daarom zijn de jongens die zij leuk vindt anders. Minder gefocust op hun uiterlijk en reputatie. Eigenlijk precies zoals zij ook is.
Fenna trekt weer alle aandacht naar zich toe. 'Weet je wat ik doe?' Haar stem slaat bijna over van opwinding. 'Ik ga met Jesse naar het bos voor een superromantische nachtwandeling.'
Ebru lacht. 'Wandeling? Ik weet wel wat je van plan bent, en dat heeft niets met wandelen te maken.'
Fenna zwijgt instemmend. De glimlach op haar mond

wordt zo groot dat hij bijna uit haar gezicht barst.
'Oké,' zegt Ebru. 'Quizvraag. Zoenen op de eerste date of niet?'
'Wat denk je zelf?' vraagt Fenna.
Ook Ebru lacht nu breeduit. 'Als het bij zoenen blijft.'
Steefs ogen worden groot van opwinding. 'Wat? Jullie gaan toch niet...?'
Fenna zwijgt geheimzinnig. De lach blijft als een onuitwisbare stempel op haar gezicht staan.
Ebru pakt haar borstel. 'Zal ik je haar nog even doen?'
Fenna draait zich geschrokken van haar af. 'Nee!'
De anderen kijken verrast op. De reactie van Fenna is zo extreem dat het lijkt alsof Ebru haar haar in de fik wilde steken.
Fenna herstelt zich meteen. 'Laat maar, joh. Dat haar van mij heeft al genoeg aandacht gehad.'
De meiden grinniken. Ze weten niet goed hoe ze moeten reageren.
Jamie heeft wel een antwoord klaar. 'Misschien moet je nog een haarmasker nemen?'
Haar opmerking wordt afkeurend aangehoord.
'Moet dit grappig zijn of zo?'
Fenna doet alsof de opmerking haar niet raakt. Ze maakt een onverschillig gebaar. 'Ach, we weten allemaal dat mijn haar veel mooier is dan dat van jou. Daarom heb je ook geen verkering.'
Er wordt nu wel gelachen en het hardst door Fenna zelf.

De jongens zijn al naar buiten geslopen. Ze staan bij elkaar op de afgesproken plek en bespreken hun plannen voor vanavond.
'Je moet die chick meenemen naar een afgelegen plek,' zegt Delano tegen Jesse. 'Dan kun je lekker je gang gaan.'
Hij geeft hem een vette knipoog. 'Als ik de kans krijg met Maud, weet ik wel wat ik zou doen.'

Ook Wessel weet precies hoe je met de meiden om moet gaan. 'Zoenen en daarna meer.'
De anderen grinniken. 'De enige die jij kunt zoenen is je moeder.'
'Toch niet met tong?' vraagt Erik.
De anderen rillen. 'Gast, doe effe normaal!'
Voordat ze dieper op het onderwerp 'zoenen en meer' kunnen ingaan, komen de meiden aangelopen.
De jongens zwermen er als bijen rond een pot honing omheen. De hormonen vliegen in het rond en de stoere praat maakt plaats voor een wat onhandig gehakkel.
'Wat zit je haar leuk,' is het eerste wat Jesse tegen Fenna durft te zeggen als ze bij hem komt staan.
Wessel die het eerst nog stoer over zoenen had, praat nu over het weer en Delano kan niets anders bedenken dan een verhaal over zijn sneakers.
Het is Fenna die het voortouw neemt. Ze pakt Jesses hand. 'Ik heb toch zo'n zin in een wandeling. Onder de sterren. Lekker romantisch.'
Jesse kijkt naar de lucht. 'Ik zie geen sterren. Het is bewolkt.'
Fenna klakt met haar tong. 'Djeez, je weet toch wel wat ik bedoel?'
Natuurlijk weet Jesse wat Fenna bedoelt. Hij vraagt zich alleen in stilte af of hij wel durft. Hij voelt zich net een klein kind. Net had hij nog mooie praatjes, maar nu staat hij een beetje schaapachtig voor zich uit te lachen.
Ebru geeft hem een zet. 'Ga, man! Straks is het ochtend en dan sta je hier nog!'
Om Jesse over zijn twijfel heen te helpen, begint Fenna te lopen en trekt hem aan zijn hand achter zich aan.
'Heb je een regenjas bij je?' Erik bedoelt een condoom, maar niemand snapt hem.
Jamie heeft alles van een afstandje staan bekijken. Ze moet nu ingrijpen, anders krijgt Fenna haar zin en zal Nola's

hart voor eeuwig gebroken worden.
Ze kijkt even vlug om zich heen in de hoop dat een oplossing zich spontaan aandient.
Een paar opgestapelde frisdrankkratten is precies wat ze nodig heeft.
Omdat iedereen aandacht heeft voor Jesse en Fenna kan Jamie ze ongezien omvergooien.
Iedereen schrikt op van het gekletter. 'Wat is dat?!'
Het geluid heeft de docenten gealarmeerd. Het licht in hun slaapzaal gaat aan.
Als er gemorrel klinkt bij de achterdeur, stuift de groep uit elkaar. 'Snel terug naar de slaapzalen!'
Jesse en Fenna die al het bos zijn in gelopen, moeten zich haasten om niet gesnapt te worden.
De Wilde stapt in haar ochtendjas naar buiten. Als ze halverwege het complex is rennen Fenna en Jesse snel terug uit het bos.
Gelukkig heeft De Wilde meer oog voor de kratten dan voor de omgeving, zodat Jesse en Fenna zich achter haar rug aan kunnen sluiten bij de rest.
Terug in de slaapzaal vraagt iedereen zich af wat er is gebeurd.
Fenna is boos. Had ze eindelijk beet, vallen die stomme kratten om. 'Dat kan geen toeval zijn, toch?'
De andere meiden kijken elkaar aan. 'Hoezo niet?'
'Volgens mij was het een wasbeer,' zegt Jamie. 'Die gooien wel vaker dingen om op zoek naar voedsel.'
'Natuurlijk, een wasbeer,' knikt Steef. 'Ik heb dat weleens gezien op Animal Planet!'
De smoes klinkt zo geloofwaardig dat geen van de meiden zich afvraagt of er eigenlijk wel wasberen leven in Drenthe.
Ebru maakt zich geen zorgen. 'Morgen weer een nieuwe kans,' zegt ze tegen Fenna. 'Die Jesse doet straks alles wat je wilt.'
Fenna begint te lachen. 'Natuurlijk doet-ie dat. Wie kan

mij nou weerstaan?'
Jamie is opgelucht. Haar plan is geslaagd. Voorlopig althans. Morgen zal ze iets nieuws moeten verzinnen.

21

’s Avonds is een dierentuin veel leuker dan overdag. Tenminste, dat vinden Nola en Boy. Er hangt een heel andere sfeer. Een beetje geheimzinnig en zo af en toe best griezelig met alle vreemde dierengeluiden die overal vandaan komen.
Dat ze elk moment de nachtwaker tegen het lijf kunnen lopen, maakt het allemaal nog eens extra spannend.
‘Ik wist niet dat de dieren gewoon buiten blijven,’ zegt Boy als ze aan de rand van de savanne staan.
De neushoorns en de giraffen drentelen wat onrustig heen en weer, alsof ze weten dat Nola en Boy illegale indringers zijn.
Nola wrijft over haar armen. ‘Ik heb het koud.’
‘Ik ook,’, zegt Boy. ‘We moeten op zoek naar een slaapplaats.’ Hij kijkt even goed om zich heen. `Maar waar? Om zomaar ergens in een stal te gaan liggen, lijkt me niet zo’n goed idee.
Nola schudt haar hoofd. ‘Het stinkt vast ook heel erg met al die poep en zo.’
Na een korte rondtocht ontdekken ze dat de achterdeur van het junglerestaurant openstaat.
Binnen is het behaaglijk warm en door de aankleding hebben ze het idee dat ze een stukje van het tropisch regenwoud zijn binnengelopen.
‘Hoe wist je dit?’ Nola kijkt haar ogen uit. ‘Ben je hier eerder geweest?’
‘Met wie dan?’ vraagt Boy. ‘Met mijn moeder? Het enige waar ze mij mee naartoe nam was de supermarkt zodat ik

de zware tassen kon dragen.'
Hij pakt Nola's hand. 'Kom, laten we kijken of we iets te eten kunnen vinden.'
Het tweetal vindt de keuken waar de onverkochte snacks van de afgelopen dag liggen opgeslagen. Ze kunnen kiezen uit een grote stapel sandwiches, saucijzenbroodjes en hotdogs. Koud natuurlijk, maar nog hartstikke lekker.
Met een vol dienblad en twee flesjes fris nemen Nola en Boy plaats in een als een neergestort vliegtuig ingerichte speelruimte.
'Eet ik ook eens een keer iets anders dan patat,' zegt Boy lachend nadat hij een hap heeft genomen van een broodje gezond.
Nola gelooft hem niet. 'Eet je echt nooit iets anders?'
Boy neemt een tweede hap. 'Jawel. Heel soms shoarma en vooral veel brood met hagelslag.'
'Man, dat je dat volhoudt. Ik loop al te klagen als we twee keer in de week spaghetti eten.'
'Mijn moeder heeft een hekel aan koken,' zegt Boy die een saucijzenbroodje pakt. 'Kan ze ook niet, daar is ze vaak te dronken voor.'
Nola prijst zich gelukkig. Vergeleken met Boy's moeder is haar moeder een heilige. Goed, ze hebben heus weleens woorden en ze is het niet altijd met haar eens, maar ze weet dat ze altijd van haar zal houden, wat er ook gebeurt.
'Ik vind het thuis best gezellig,' zegt Nola tussen twee happen door. Ze durft het bijna niet te zeggen. Alsof ze zich schaamt voor haar gevoelens voor haar moeder.
'Nou, ik niet,' antwoordt Boy. 'Maar dat maakt niet uit. Ik ga toch niet meer terug.'
Nola fronst. 'Hoe bedoel je?'
'Ik ga op mezelf wonen.' Boy zegt het alsof hij het allemaal al uitgedacht heeft.
'Waar?'
Boy haalt zijn schouders op. 'Weet ik niet. Zie ik nog wel.'

Nola vindt het een belachelijk idee. 'Maar je kunt toch niet zomaar ergens gaan wonen? Daar heb je toch geld voor nodig? En trouwens, moet je daar niet minstens achttien voor zijn?'
Boy zwijgt. Weet hij veel. Het enige wat hij wil, is weg bij zijn moeder, koste wat het kost. 'Desnoods ga ik naar het Leger des Heils,' zegt hij een stuk minder zelfverzekerd.
Nola hoort zijn woorden in stilte aan. Wat moet ze zeggen? Dat hij een idioot is die niet weet wat hij doet?
Dat het een belachelijk idee is, is wel zeker. Zomaar weglopen betekent dat hij op straat belandt, of in een opvanghuis.
Aan de andere kant begrijpt ze hem ook wel. Zelf zou ze ook niet kunnen leven met zo'n moeder. Toch lijkt het vooruitzicht om over straat te zwerven haar een stuk erger. Dan maar een paar jaar ellende. Uiteindelijk zal Boy toch voor zichzelf kunnen kiezen.
Nola voelt zich een beetje ongemakkelijk. Ze balanceert tussen medeleven en een hardnekkig gevoel van eigen schuld, dikke bult. Gisteren had ze nog geen enkele twijfel over haar standpunt. Boy krijgt precies wat hij verdient, maar nu, na hun gesprekken en belevenissen, zou ze hem willen vertellen dat ze met hem meeleeft. Dat ze het verschrikkelijk voor hem vindt dat zijn vader dood is en dat hij geen vrienden heeft. Maar hoe zal dat overkomen? Hypocriet? Schijnheilig? Of zal Boy denken dat ze hem in de maling neemt?
Nola komt er niet uit.
Het blijft nog een tijdje stil voordat Boy besluit dat ze moeten gaan slapen. Het speeltoestel waar ze zijn biedt niet veel comfort maar het is fijn en knus genoeg om er de nacht door te brengen.
Niet veel later ligt het tweetal op de vloer. Best een raar gevoel, zo dicht naast elkaar.
Buiten klinken allerlei dierengeluiden. Het krassen van vo-

gels, het gebrul van een leeuw en het huilen van wolven.
'Toch best griezelig,' zegt Nola.
Boy knikt. 'Verleden jaar is hier iemand doodgebeten toen er een leeuw was ontsnapt.'
Nola veert angstig op. 'Dat meen je niet!'
Boy's gezicht staat ernstig. 'Er ontsnappen hier wel vaker leeuwen. Het slot op hun kooi is stuk.'
Nola staat op. 'Je loopt me te fokken, toch?'
Boy's gezicht blijft strak in de plooi. Dan begint hij te lachen. 'Geintje!'
Nola geeft hem een tik tegen zijn achterhoofd. 'Eikel!'
Als ze weer naast hem ligt, wordt het tijd om te gaan slapen.
'Welterusten,' zegt ze met haar hoofd vlak naast dat van Boy.
Boy knikt. 'Welterusten.'
Dan doet hij iets bijzonders, iets wat Nola hem nog nooit heeft zien doen. Boy doet zijn muts af. Een bos krullen komt eronder tevoorschijn.
Nola weet niet wat ze ziet, krullen! Dikke krullen die in lange strengen langs zijn gezicht vallen. Nola is op een vreemde manier opgetogen. Of ze een verrassingsei heeft geopend en er een gouden horloge in heeft gevonden.
Haar blik blijft net even te lang op Boy's krullen hangen.
'Wat?' vraagt hij.
'Je bent eigenlijk best leuk,' antwoordt ze nonchalant. 'Voor een jongen dan,' zegt ze er snel achteraan.
Nola begrijpt meteen dat haar opmerking een beetje uit de lucht komt vallen. Wat zal Boy hiervan denken? Snel sluit ze haar ogen in de hoop dat Boy hetzelfde doet.
Boy staart Nola nog even sprakeloos aan. Heeft ze dit echt tegen hem gezegd? Leuk? Hij? De grootste creep van school?
Met een grote grijns vouwt hij zijn handen achter zijn hoofd. Er is vandaag veel veranderd. Heel veel.

De rest van de nacht blijft het rustig tot Boy gewekt wordt door een geluid.
Hij hoort het dichtslaan van een deur.
Wanneer hij overeind komt, ziet hij de lichtbundel van een zaklantaarn door het raam van de lunchruimte naar binnen schijnen.
Boy duikt in elkaar. Het is de nachtwaker!
Snel maakt hij Nola wakker.
Die kijkt hem versuft aan. 'Wat is er? Is het al ochtend?'
Boy houdt zijn hand voor haar mond. 'Ssst! De nachtwaker!' Hij wijst op het raam.
Achter het raam glijdt de schaduw van een man voorbij.
'Shit' zegt Boy op fluistertoon. 'Als hij ons betrapt, moeten we naar de politie en die sturen me meteen weer terug naar mijn ma. Dan is alles voor niks geweest!'
Boy wil vluchten, maar weet niet waar naartoe. Zodra ze het vliegtuig uitrennen, worden ze door de nachtwaker gezien, dat is zeker.
Terwijl ze de nachtwaker in het rond horen lopen, wordt Boy steeds nerveuzer. `We mogen niet gesnapt worden!' herhaalt hij keer op keer. `We mogen niet gesnapt worden!'
Nola probeert Boy te kalmeren. `Stil nou!' fluistert ze. `Als die kerel ons hoort zijn we er sowieso bij.'
Boy knijpt zijn lippen stijf op elkaar. Zenuwachtig drentelt hij in stilte op en neer.
Nola blijft rustig. Ze vindt het ook erg spannend, maar ze weet dat, wanneer je je hoofd verliest, de situatie alleen maar erger wordt. Nola wijst op het verlichtte bordje waar nooduitgang opstaat. Nadat ze haar hersens razendsnel aan het werk gezet heeft, krijgt ze een idee. `Ik weet al wat', fluistert ze tegen Boy. Ze pakt een steentje van de grond en sluipt ermee naar de deur.
Samen met Boy gluurt ze in het rond op zoek naar de nachtwaker. Die slentert wat, zijn zaklantaarn plichtmatig in het rond schijnend.

Als de lichtbundel Nola's richting uit schiet, gooit ze het steentje naar de andere kant van het restaurant.
Het komt ritselend tussen een paar palmbomen terecht.
De nachtwaker schijnt geschrokken in de richting van het geluid. 'Wie is daar?' roept hij.
Nu hij met zijn rug naar Nola en Boy toe staat, is dit het moment om te vluchten.
Zo hard ze kunnen rennen ze naar de uitgang. Hun voetstappen galmen door de lege zaal.
De nachtwaker hoort ze. 'Heeeee!' schreeuwt hij. Terwijl hij zich omdraait, en ziet hij hoe Nola en Boy bij de toegangsdeuren blijven staan. Ze duwen en trekken, maar de deuren gaan niet open. De nachtwaker heeft ze op slot gedraaid.
'Staan blijven!' roept hij als Nola en Boy opnieuw beginnen te rennen. Deze keer in de richting van de nooduitgang. Als ook die deur afgesloten is, zit er maar één ding op, de deur intrappen!
Na een harde schop van Boy schiet de deur uit het slot en biedt het tweetal een weg naar buiten.
Terwijl ze de dierentuin in rennen, zet de nachtwaker de achtervolging in. Hij achtervolgt Nola en Boy kriskras langs de perken en dierenverblijven. Wanneer hij langs het olifantenverblijf rent, wordt hij met luid getrompetter aangemoedigd. 'Pak ze!'
Bij de giraffenstal lijkt er een eind aan de achtervolging te komen. Nola en Boy slaan een smal pad in en komen er te laat achter dat het pad doodloopt. Een hoge schutting verspert hun de weg.
Nola en Boy kijken schichtig achterom en zien hoe de nachtwaker hijgend de ingang van het pad bereikt. In een fractie van een seconde overdenkt Boy de mogelijkheid om met de man op de vuist te gaan, maar neemt dan een ander besluit. Hij neemt een korte aanloop en springt naar de bovenkant van de schutting.

Zijn vingers haken zich om de rand waardoor hij zichzelf kan ophijsen. Boven op de schutting steekt hij zijn hand naar Nola uit. 'Nu jij!'
Ook Nola neemt een aanloop. Met een uiterste krachtsinspanning lukt het haar Boy's hand vast te pakken.
Boy trekt haar omhoog waarna ze zich allebei aan de andere kant van de schutting op de grond laten vallen.
De nachtwaker blijft uitgeput bij de schutting staan. Hij is te moe om achter het tweetal aan te klimmen. Bovendien, voor boeven vangen wordt hij niet betaald, dat moet de politie maar doen.
Nola en Boy staan nu buiten de dierentuin. Ze rennen langs de schutting naar de invalidenwagen die even verderop geparkeerd staat.
Lachend van opluchting stappen ze in.
Als Boy de motor gestart heeft en wegrijdt, barsten ze in juichen uit. Ze hebben het gevoel alsof ze zojuist een rit hebben gemaakt in de engste achtbaan ever of veel spectaculairder nog, aan de dood ontsnapt zijn. De adrenaline is tot het maximum gestegen en bezorgt Nola en Boy een euforisch gevoel. Dit was echt het vetste wat ze ooit in hun leven hebben gedaan!
Uit pure vreugde geeft Nola Boy een zoen op zijn wang.
Met hetzelfde enthousiasme zoent Boy Nola terug. Het is een kort moment van ondoordachte, maar niet onbedoelde genegenheid. Ze kijken elkaar even zwijgend aan.
Dan neemt de euforie het weer over.
'Dit was echt te gek!' roept Boy.
Nola gilt het uit van vreugde. 'Yes!'

22

Het is al ochtend wanneer ze een kruispunt bereiken. Boy zit nog steeds achter het stuur. Nola zit slapend naast hem. Boy zet de wagen aan de rand van het fietspad stil. Voor hem staat een paal met twee richtingsborden. Op het linkerbord staat Borger. Op het rechter Exloo.
Alhoewel ze naar Borger moeten, blijft zijn blik op het andere bord hangen.
Exloo... de naam heeft een bijzondere uitwerking op hem. Een gevoel van twijfel borrelt in hem op. Boy laat zijn blik een paar keer tussen het linker- en rechterbord heen en weer gaan. Borger of Exloo, wat wordt het?
Na een blik op de slapende Nola neemt hij een besluit. Hij geeft gas en slaat rechtsaf.

Exloo is een dorp omgeven door veel groen. Het plaatsje staat bekend om zijn hunebedden en de kudden schapen die door ouderwetse herders worden geleid. Verder valt er niet veel te beleven. Het is geen dorp om zomaar even een bezoekje aan te brengen, zeker niet wanneer je eindbestemming Borger is.
Toch heeft Exloo iets speciaals, althans, voor Boy.
Het is nog best een lange rit langs brede lanen met vrijstaande huizen en boerderijen voordat ze de kleine dorpskern binnenrijden. De straten in de kern zijn smal en staan vol met dicht op elkaar gebouwde huisjes.
De kerk vormt het middelpunt. Op het pleintje ernaast stopt Boy bij een benzinestation.
Nola wordt wakker. ‘Zijn we er al?’

Boy schudt zijn hoofd. 'We zijn in Exloo.'
'Dat meen je niet!' Nola schiet overeind. 'Maar dan zijn we verkeerd!'
Boy zucht. Dit gezeur had hij wel verwacht. Nola is dan misschien veranderd, maar het blijft natuurlijk wel een meisje.
Hij wijst naar het benzinestation. 'We moeten tanken.'
Boy stapt uit.
Nola doet hetzelfde. 'Tanken? Heb je daar geld voor dan?'
Boy graait in zijn zak en haalt er dertig cent uit.
Nola staart verbijsterd naar zijn uitgestoken hand. 'Is dat alles? Heb je geen pinpas bij je?'
Boy stopt het geld weer terug in zijn zak. 'Wat een domme vraag! Ik ging mijn hond uitlaten, weet je nog wel? Denk je dat ik dan mijn pinpas meeneem?'
De sfeer is ineens weer gespannen.
Nola heeft geen zin om weer in haar oude rol te vervallen, daarvoor was vannacht te speciaal. 'Oké,' zegt ze een stuk vriendelijker. 'Dan moeten we iets verzinnen. Hoe komen we snel aan geld?' Ze denkt even na.
Boy heeft het te druk met andere dingen. Roerloos staart hij naar het raam van het benzinestation. Binnen rekent de eigenaar af met een klant.
Nola tikt Boy op zijn schouder. 'Hé, luister je eigenlijk wel?'
Boy schrikt. 'Hè, wat?'
'Geld? Hoe komen we aan geld?'
Boy richt zijn aandacht weer op het benzinestation. 'Weet ik veel.'
'Wat sta je nou te staren?' vraagt Nola. 'Is er iets?'
Boy probeert nonchalant te doen, maar onderhuids is de spanning voelbaar. 'Laat me nou maar,' zegt hij kortaf.
Om de sfeer niet opnieuw te verpesten, vraagt Nola niet door.
Ze laat haar blik even in het rond gaan en ziet naast de benzinepomp een emmer met sop staan. Ze krijgt een idee.

'Weet je wat we doen? We gaan auto's wassen!'
Dat is een goed idee.
De eerste de beste klant hapt meteen toe en na nog drie andere wasbeurten hebben Nola en Boy genoeg geld om te tanken.
Met een handvol kleingeld stappen ze de winkel binnen om af te rekenen.
De eigenaar staat achter de balie. Het is een grote kerel met een vriendelijk gezicht. Toch kijkt hij niet blij als hij Nola en Boy binnen ziet komen.
Boy ontwijkt zijn blik en duikt meteen achter een rek met ansichtkaarten.
'Wat doe je?' vraagt Nola verbaasd.
'Niks,' stamelt Boy. 'Reken jij maar af. Dan zoek ik nog wat snoep uit.'
Terwijl Nola naar de balie loopt, gluurt Boy langs de ansichtkaarten naar de eigenaar. Hij houdt hem stiekem in de gaten.
De eigenaar vertrouwt de situatie niet. 'Wat was dat met die auto's?' vraagt hij aan Nola als ze het geld op de balie legt.
Nola is zich van geen kwaad bewust. 'Niets. We hebben een paar auto's gewassen om de benzine te kunnen betalen.'
De eigenaar houdt zijn blik strak op Boy gericht die hem nog steeds vanachter het rek in de gaten houdt. Hij kan hem niet goed zien, maar is ervan overtuigd dat hij iets van plan is.
'Waar is dat vriendje van je mee bezig?'
Nola voelt zijn irritatie groeien.
'Hij zoekt nog wat snoep uit,' zegt ze.
De eigenaar wordt plotseling kwaad. 'En dat moet ik geloven?! Dat is de oudste truc ter wereld!'
Nola kijkt hem niet-begrijpend aan. 'Truc?'
De eigenaar buigt zich dreigend naar haar toe. 'Jij leidt

me af terwijl hij de zaak leegrooft!' Met uitgestoken vinger roept hij naar Boy: 'Hé, blijf met je poten van m'n spullen af!'
Boy schrikt zo van zijn uitbarsting dat hij de winkel uit rent.
De eigenaar pakt het geld van de balie. Hij wappert met zijn hand. 'En nu wegwezen!'
Nola is compleet overdonderd. 'Maar ik krijg nog geld terug.'
De toon van de eigenaar bereikt een ijskoud dieptepunt. 'Wees blij dat ik de politie niet bel!'

Buiten stapt Boy in de invalidenauto.
'Wat heb je gedaan?' vraagt Nola als ze naast hem zit. 'Die kerel was hartstikke boos.'
Boy zwijgt. Hij is in de war.
'Heb je iets gestolen?' wil Nola weten.
Ze krijgt geen antwoord.
'Nou?' vraagt Nola dwingend. Ze merkt aan het gedrag van Boy dat er iets vreemds aan de hand is.
Boy heeft geen zin om te praten. 'Laat maar!' zegt hij op een toon die duidelijk aangeeft dat het genoeg is.
Boy start de wagen en rijdt weg. Zijn gezicht staat kwaad, maar ook verdrietig.
Nola denkt zelfs tranen in zijn ogen te zien.
'Wat is hier aan de hand? Zit je nu te huilen?'
'Echt niet!' Boy wendt zijn hoofd af. Stiekem veegt hij zijn ogen droog.
'Wat is dit voor onzin?' blijft Nola aandringen. 'Ga je me nog vertellen wat er aan de hand is, of niet?'
Boy ergert zich verschrikkelijk. Begrijpt Nola dan echt niet dat hij het er gewoon niet over wil hebben?!
Maar Nola geeft niet op. Er is iets aan de hand en ze wil weten wat. 'Als je niet meteen zegt wat er aan de hand is dan...'

'Dan wat?' vraagt Boy.
'Dan vertel ik iedereen dat je een huilebalk bent!'
Boy trekt Nola's gezeur niet langer. Hij trapt boven op de rem waardoor de wagen met een ruk tot stilstand komt.
'Ik had gewoon geen zin in die kerel, nou goed?!'
'En dat moet ik geloven? Kijk eens naar jezelf, man. Je hebt nog rode ogen van het huilen.'
Boy durft Nola van schaamte niet aan te kijken. Hij verstopt zijn gezicht in zijn handen. Het is duidelijk dat hij problemen heeft, maar in plaats van medeleven wekt zijn gedrag juist irritatie bij Nola op.
'Weet je, vroeger was ik bang voor je, maar nu weet ik dat je net zo bang en onzeker bent als iedereen.' Ze lacht schamper. 'Wat zeg ik? Erger nog. Je bent niet alleen een schijterd, maar ook nog eens een dief.'
Haar laatste opmerking gaat echt te ver. Boy is woedend.
'Ik heb niets gestolen!' schreeuwt hij.
'Vertel dan wat er wel aan de hand is!' schreeuwt Nola terug.
Boy kruipt weer in zijn schulp. 'Vergeet het nou maar, oké?'
Nola zucht. Ze begrijpt dat het geen zin heeft om nog door te vragen. Wat er ook aan de hand is met Boy, ze gaat er op deze manier niet achter komen.
Boy zet de wagen weer in beweging. Buiten het ronken van de motor blijft het doodstil in het autootje. De sfeer is tot het nulpunt gedaald.
Jammer. Juist nu ze elkaar net aardig begonnen te vinden, zijn ze weer terug bij af.

23

Tijdens de rit naar Borger wisselen ze geen woord. Nola en Boy zijn ieder in hun eigen gedachten verwikkeld.
Nola is gespannen. Wat zullen haar klasgenoten zeggen als ze het filmpje van Boy zien? Zouden ze Fenna als een baksteen laten vallen of zouden ze nog medelijden met haar hebben vanwege de verwisselde potjes ontharingscrème? En hoe zit het met haar leugen over het schoolgeld? Zal alles vergeven en vergeten zijn of zal haar dat nog jaren blijven achtervolgen?
Nola denkt ook aan Jesse. Als uitkomt dat Fenna haar in de sloot geduwd heeft, zal hij haar een stuk minder leuk vinden. Dan is het meteen afgelopen met zijn geflikflooi. Het is vreemd, maar de gedachte aan Jesse maakt haar een stuk minder vrolijk dan ze had verwacht.
Tot gisteren was hij nog de belangrijkste reden om naar het kamp te komen, maar nu het bijna zover is, twijfelt Nola of ze het nog wel zo belangrijk vindt wat hij van haar denkt. Natuurlijk zou ze het leuk vinden als hij weer verkering met haar wil, maar aan de andere kant, als dat niet gebeurt, is dat dan zo erg? Het was lang niet altijd koek en ei tussen hen. Jesse kon soms behoorlijk eigenwijs zijn en zijn aandacht voor andere meiden deed Nola's zelfvertrouwen geen goed. De frustratie, boosheid en twijfel zal ze in elk geval kunnen missen als kiespijn.
Tot haar verrassing moet ze zelfs bekennen dat ze het afgelopen etmaal niet één keer aan Jesse gedacht heeft, daarvoor had ze het te leuk met Boy, dezelfde jongen die nu zwijgend naast haar zit en met een nors gezicht voor zich

uitstaart.
Nola denkt weer terug aan wat er gebeurd is bij het benzinestation. Boy's vreemde gedrag stelt haar nog altijd voor een raadsel waar ze graag antwoord op zou willen krijgen. Het is toch vreemd dat een stoere, zelfverzekerde jongen op slag verandert in een twijfelkont, die bovendien ook nog eens als een klein kind begint te huilen?
Het medelijden dat ze eerder nog niet gevoeld had, steekt nu toch de kop op. Ze zou graag iets tegen hem zeggen, iets om hem te steunen, maar als ze niet weet wat er aan de hand is wordt dat een moeilijk verhaal. Bovendien is de stemming net weer een beetje opgeklaard. Boy heeft Nola nog niet één keer verwijtend aangekeken en zij heeft al meer dan een uur niet de behoefte gevoeld om tegen hem te schreeuwen. Het is beter om het onderwerp te laten rusten. Misschien komt Boy er later zelf nog op terug.

Aan het begin van de middag bereiken ze het vakantiekamp.
Boy zet de wagen even buiten het kamp naast een hunebed stil.
'We zijn er,' zegt hij vlak.
'Ga je mee?' vraagt Nola die aanstalten maakt om uit te stappen.
Boy schudt zijn hoofd. 'Ze zien me al aankomen!'
'Maar ik heb je mobiel nodig.'
'Hoezo?' vraagt Boy.
'Voor dat filmpje natuurlijk!' Nola steekt haar hand naar hem uit. 'Geef op!'
Boy weigert. 'Ik ben je hondje niet.'
'Als je mij die mobiel niet geeft, zeg ik tegen rector Folmers dat je van huis bent weggelopen,' dreigt Nola.
'Dat durf je toch niet!'
Nola trekt een staalhard gezicht. 'Zullen we wedden?'
Boy twijfelt. Dan pakt hij zijn mobiel en drukt hem kwaad

in Nola's hand. 'Maar ik wil hem wel meteen terug!'
Nola knikt. 'Wat is je pincode?'
'0-0-0-0.'
'Serieus? Dat is toch hartstikke stom?'
'Wil je dat filmpje nou laten zien of blijf je mij een beetje afzeiken?' vraagt Boy die op het punt staat zijn mobiel weer terug te pakken.
Nola loopt snel weg. 'Ik ben zo weer terug!' Haastig loopt ze naar de ingang van het vakantiepark.
Boy kijkt haar mokkend na. Meiden! Hij zal er nooit aan wennen.

24

Nola voelt de blikken van haar klasgenoten in haar rug prikken als ze het vakantieterrein op loopt.
De eerste die ze tegen het lijf loopt, is Jamie.
'Nola? Wat doe jij nou hier!' roept ze verrast.
Jamies stem trekt de aandacht van Steef en Ebru die meteen bij haar komen staan.
'Hoe kom jij hier nou?' wil Steef weten.
'Met de bus,' liegt Nola. Ze gebaart dat de meiden dichterbij moeten komen staan. 'Ik moet jullie wat vertellen.'
De meiden zijn nieuwsgierig. 'Wat?'
Nola begint te fluisteren en deelt haar geheim met hen. 'Weten jullie dat niet Boy maar Fenna mij in de sloot heeft geduwd?'
Ze kijken haar met grote ogen aan. 'Serieus?'
Nola haalt Boy's mobiel uit haar zak. 'Hier, kijk zelf maar!' Ze start het filmpje.
'Wat een bitch!' zegt Jamie als ze ziet hoe Fenna Nola in het water duwt.
De anderen knikken. 'Echt een vette naaistreek!'
'Ik ga het meteen aan Jesse laten zien,' zegt Nola die om zich heen kijkt. 'Waar is hij eigenlijk?'
De meiden halen hun schouders op. 'Geen idee.'
Shit! Denkt Nola. Als ze maar niet ergens aan het zoenen zijn.
Voordat ze kan vragen of de meiden willen helpen zoeken, komt De Wilde aangelopen.
'Nola?' zegt ze meer verwijtend dan vragend. 'Wat doe jij hier?'

'Ze is met de bus gekomen,' zegt Steef. 'Stoer, hè?'
De bus?' vraagt De Wilde en ze werpt een strenge blik op Nola. 'Weet je moeder hiervan?'
Nola zwijgt. Haar twijfelende blik zegt voldoende.
De Wilde pakt Nola bij haar arm. 'Kom maar even met mij mee. Je hebt heel wat uit te leggen, jongedame.'

Nola zit in de eetzaal tegenover De Wilde en Folmers aan tafel. De telefoon ligt tussen hen in.
'Meisje, meisje toch,' zegt Folmers hoofdschuddend. 'Hoe haal je het in je hoofd helemaal alleen hierheen te komen? Met de bus nog wel. Er had van alles kunnen gebeuren!'
Gebeuren? Denkt Nola. Wat dan? Ik ben toch geen klein kind meer?
De Wilde is het helemaal met Folmers eens. 'Hoe ben je in godsnaam op het idee gekomen?'
Nola wordt boos. 'Omdat ik het niet eerlijk vind dat ik straf heb gekregen en Fenna niet!'
Ze pakt de mobiel van tafel. 'Ik heb bewijs dat zij degene is die mij in de sloot heeft geduwd!'
Voordat ze de mobiel kan ontgrendelen, gaat de Folmers' telefoon.
Als hij ziet wie er belt, slaakt hij een vermoeide zucht. 'Daar heb je d'r weer!'
De Wilde ziet dat het Boy's moeder is.
'Misschien wil ze vertellen dat Boy weer thuis is?'
'Boy?' vraagt Nola in een reflex.
De Wilde en Folmers kijken haar vragend aan. 'Weet jij misschien iets over hem?'
Nola krabbelt terug. 'Nee. Hoezo? We zijn niet bepaald de beste vrienden, als jullie begrijpen wat ik bedoel.'
'Maar jullie hebben samen straf,' zegt Folmers. 'Dus dan zou het helemaal niet zo gek zijn als je iets zou weten, toch?'
Dat is waar. Toch is Nola's onschuldige blik reden genoeg

om er niet verder op door te gaan.
Folmers wil opnemen, maar er wordt opgehangen.
Meteen daarna gaat Boy's mobiel. Terwijl er een luid gekwaak klinkt, verschijnt er 'Mam' op het scherm.
Nola springt op. 'Dat is mijn moeder!'
Ze loopt bij de tafel weg en doet net alsof ze opneemt. 'Hai, mam,' zegt ze gespeeld vrolijk.
Ondertussen heeft ze de verbinding verbroken.
'Ik ben op het kamp,' vervolgt ze hard genoeg zodat De Wilde en Folmers het kunnen horen. 'Mag ik hier blijven slapen?' De Wilde gebaart naar haar. 'Mag ik je moeder ook even?'
Nola beëindigt meteen het nepgesprek. 'Oké, dag mam, tot morgen!'
Ze gaat met een verontschuldigende blik weer aan tafel zitten.
'Sorry, m'n moeder had het druk. Werk en zo.'
Haar leugen wordt zomaar geloofd.
Wat zijn docenten toch dom, denkt Nola. Als ze niet zo bejaard zouden zijn, zouden ze weten dat geen enkel meisje een kwakende eend als ringtone heeft. Dat is echt iets voor kinderachtige jongens.
Ze besluit dat het tijd is voor haar wraak en start het filmpje.
De Wilde en Folmers zien hoe Fenna Nola in de sloot duwt. Ze hebben het al die tijd bij het verkeerde eind gehad. Fenna is schuldig. Niet Nola!
Nola grijnst als ze hun blikken ziet. Eindelijk gerechtigheid!

De Wilde neemt Nola mee naar de meisjesslaapzaal waar Fenna het hoogste woord voert. Ze schept op over Jesse, dat hij zo lekker zoent en hoe hij haar verkering heeft gevraagd. Allemaal niet waar, maar de meiden hangen aan haar lippen.

Zodra ze Nola ziet, valt ze stil. Het lijkt alsof ze water ziet branden.
'Wat doet zij hier?!'
'Nola heeft een filmpje waarop te zien is dat jij haar in de sloot duwt,' zegt De Wilde.
'Is dat waar?' vraagt de tweeling met een schuine blik op Fenna.
Nola houdt haar de mobiel voor. 'Kijk zelf maar.'
De meiden kijken sprakeloos naar het filmpje. Het is alsof er een bom ontploft in de slaapzaal. Het wordt doodstil. Iedereen kijkt verwijtend naar Fenna. 'Waarom zou je zoiets doen?' mompelen ze.
Fenna voelt zich ineens heel klein. 'Ik kon er niets aan doen,' zegt ze met een pruillip. 'Het ging per ongeluk.'
'Per ongeluk?' herhaalt Nola alsof ze het niet goed verstaan heeft. 'Ben je gek of zo? Je deed het vet expres!'
De Wilde grijpt in. 'Ho, ho, geen ruzie meer, meiden. Ik denk dat het tijd wordt voor excuses.' Ze wendt zich tot Nola. 'Nola, jij eerst. Zeg dat het je spijt.'
Nola's maag draait zich om. Wát? Ik? Alweer?
De meiden kijken haar verwachtingsvol aan. Hun blikken lijken de woorden uit Nola's mond te willen trekken, maar ze zwijgt.
De Wilde wordt ongeduldig. 'Nou? Komt er nog wat van?'
Nola barst uit haar vel van woede. Dit is echt de laatste druppel! 'Vergeet het maar! Ik ga niet nog een keer mijn excuses aanbieden voor iets wat ik niet gedaan heb!' Ze prikt met haar vinger in Fenna's borst. 'Zíj heeft alles bij elkaar gelogen, dus zij moet sorry zeggen.'
Fenna verweert zich onverwacht fel. 'Dus ik lieg? En wat is dit dan?!' Ze grijpt naar haar hoofd en trekt er een dikke bos haar uit. 'Extensions!' roept ze en ze laat een grote, kale plek op haar hoofd zien. 'De helft van mijn haar is weg!'
Er valt een tweede bom met deze keer een nog grotere stilte

tot gevolg.
De kale plek vervult de meiden met afschuw, zelfs bij Jamie die al die tijd in Nola's onschuld heeft geloofd.
Iedereen draait zich minachtend van haar af.
'Wat ben jij laag!' zegt Ebru walgend.
Nola is net zo geschokt als de anderen. De potjes zijn dus echt verwisseld, maar door wie dan?

25

Nola loopt met haar ziel onder haar arm door het kamp. Niemand wil met haar praten. Niet gek als je zojuist te horen hebt gekregen dat zij met opzet het haar van Fenna heeft verpest. Het nieuws is als een lopend vuurtje gegaan. Zelfs de docenten weten ervan.
Nola begrijpt het niet. Een halfuur geleden dacht ze nog aan gerechtigheid en nu...? Het lijkt wel alsof iedereen het filmpje van Boy alweer vergeten is.
Het liefst zou Nola het uit willen schreeuwen dat ze onschuldig is, maar wie zal haar nu nog geloven?
Verdrietig gaat ze op de tribune van het openluchttheater zitten.
Ze krijgt gezelschap van Jesse die haar al een tijdje in de gaten houdt. 'Hai,' zegt hij aftastend. 'Hoe is het?'
Nola heeft amper de kracht om te antwoorden. 'Wat denk je zelf?'
Jesse is niet gekomen om ruzie te maken. Integendeel, hij vindt het verschrikkelijk voor Nola. Medelijdend legt hij zijn hand op haar knie.
Nola kijkt verbaasd op. 'Ben je niet kwaad op me?'
Jesse schudt zijn hoofd. 'Het is Fenna's eigen schuld. Had ze je maar niet in de sloot moeten duwen.'
'Maar ik heb het niet gedaan,' verweert Nola zich. 'Iemand anders heeft die potjes verwisseld.'
'Ik geloof je,' zegt Jesse. Hij gaat dichter tegen Nola aan zitten. 'Ik ken je. Zo ben je helemaal niet.'
Zijn geruststellende blik duwt Nola terug in de tijd. Dit zijn de ogen waarop ze verliefd werd en waar ze zo vaak over

gedroomd heeft.
Nu ze zo dicht bij elkaar zitten, komen alle oude herinneringen weer naar boven.
Ook bij Jesse laait het oude vuur weer op. Ineens weet hij niet meer waarom hij het uitgemaakt heeft. Een denkbeeldige bliksemstraal treft hem recht in zijn hoofd. Sukkel! Dit is juist de leukste meid van school. Waarom heb je haar laten gaan? Ze is zo veel cooler dan Fenna. Dat hij dat nu pas ziet! Ook nu ze al twee dagen dezelfde kleren draagt en haar haren door de war zijn, ziet ze er nog veel beter uit dan wie dan ook op school. Fenna moet er uren over doen om er goed uit te zien met make-up en allerlei andere hulpmiddelen. Er valt ook geen goed gesprek met haar te voeren. Het enige waar ze over kan praten is geld, dure sieraden, kleding en natuurlijk het allerbelangrijkste in haar leven, haar uiterlijk. Met Nola sprak hij soms uren achtereen over van alles en nog wat. Sport, het nieuws en hun favoriete films. Heerlijk vond hij dat. Er viel ook nooit een pijnlijke stilte waarin hij krampachtig naar een onderwerp moest zoeken. Met Nola ging alles vanzelf, ook als ze niets tegen elkaar zeiden, voelde het goed en vertrouwd.
Gelukkig krijgt hij nu de gelegenheid om zijn fout te herstellen. Hij blijft Nola strak aankijken en brengt zijn hoofd langzaam dichterbij.
Het tweetal heeft niet in de gaten dat Boy ze van een afstand bespiedt. Hij heeft zich in de struiken verstopt en ziet hoe Jesse met zijn hoofd steeds dichter naar Nola toe beweegt.
Alsof ze door een magneet wordt aangetrokken, doet Nola hetzelfde.
Haar mond gaat onwillekeurig een stukje open.
Boy kan het niet langer aanzien. Hij voelt een alles verterende jaloezie in zich naar boven borrelen. Zijn eerst reactie is om tevoorschijn te komen om Jesse een paar klappen te geven. Omdat hij bang is dat Nola hem dat nooit zal ver-

geven, ziet hij meteen van het idee af. Toch moet hij iets doen. Weerloos toekijken hoe het mooiste en leukste meisje dat hij kent op het punt staat te gaan zoenen met een andere jongen kan hij niet verdragen. Er raast een storm aan emoties door zijn hoofd. Woede, onzekerheid en verdriet vloeien samen en leggen zijn hele systeem plat. Van het ene op het andere moment is Boy lamgeslagen. Het is alsof alle levenslust uit zijn lichaam stroomt. Het enige wat hij nu nog kan bedenken is weglopen en dat doet hij dan ook. Zonder nog om te kijken sluipt hij de bosjes uit. Hij voelt een steen zo groot als een hunebed in zijn maag als hij met grote passen wegloopt.

Ondertussen zijn de lippen van Jesse en Nola elkaar zo dicht genaderd, dat ze op het punt staan elkaar te zoenen. Wanneer het moment eindelijk daar is, trekt Nola haar hoofd onverwacht terug.

'Wat is er? Vraagt Jesse stomverbaasd. 'Heb ik een slechte adem of zo?'

Nola neemt afstand van hem. Zijn hand glijdt van haar knie.

'Sorry. Het voelt niet goed.'

Jesse kan zijn oren niet geloven. 'Maar we zijn verliefd.'

'Dat wáren we,' zegt Nola met enige spijt in haar stem. 'Of althans, ik.'

De verbijstering staat op Jesses gezicht te lezen. Hoort hij dit nou goed? Gebeurt dit echt of droomt hij? Jesse twijfelt zelfs of dit wel echt Nola is die naast hem zit. Dit kan niet hetzelfde meisje zijn dat hem meer dan vijftig liefdesbrieven heeft geschreven en zelfs plannen had om twee weken samen met zijn ouders op vakantie te gaan. .

'Maar verleden week was ik nog de wereld voor je,' stamelt hij machteloos.

'Eergisteren nog,' bekent Nola. 'Maar er is iets veranderd. Ik kan het niet uitleggen maar...' Nola zwijgt even om haar gevoelens goed onder woorden te brengen. 'Ik ben gewoon

niet meer verliefd op je.'
Het lijkt alsof Jesse met een voorhamer op zijn hoofd geslagen wordt en knock-out gaat. 'Maar dat kan toch niet? We zijn voor elkaar bestemd.'
Nola moet inwendig een beetje grinniken. De woorden van Jesse klinken als uit een ouderwetse film. Oubollig en een beetje slijmerig.
Ze legt haar hand op zijn schouder. 'Hé, kom op, niet zo somber. Nu heb je alle tijd voor Fenna.'
'Fenna?' Jesse herhaalt de naam met afkeer. 'Ik wil helemaal niets met Fenna.'
Nola is verbaasd. 'Niet? Ik hoorde dat jullie verkering hebben.'
Jesse protesteert. 'Nee, dat is helemaal niet waar! Dat liegt ze!'
'Nou, dat is dan niet de eerste keer,' zegt Nola. Ze staat op.
'Sorry. We hebben het leuk gehad samen, maar het is nu echt voorbij.'
Met een vreemd gevoel van bevrijding loopt ze weg.
Jesse blijft alleen achter. Hij voelt zich als een ballon waar net alle lucht uit ontsnapt is.
Ik heb het helemaal gehad met die meiden, denkt hij. Ik vraag nooit meer een meisje om verkering. Nooit meer!

26

Nola loopt terug naar de invalidenwagen.
Boy is er niet. Wanneer hij niet reageert als Nola zijn naam roept, gaat ze op het hunebed zitten.
Na een paar minuten komt Boy aangelopen.
'Waar was je?' vraagt Nola.
Boy verzint een smoes. Nola mag niet weten dat hij haar gezien heeft met Jesse. 'Ik moest plassen,' zegt hij snel. `Wat zei Jesse?' De vraag is eruit voor hij er erg in heeft. 'Ik bedoel, heb je hem nog gesproken?'
Nola knikt.
'En?'
'Het was wel oké.'
Boy gaat naast Nola zitten. 'Heeft hij het filmpje gezien?'
'Nee, maar hij weet wel dat Fenna mij geduwd heeft.' Nola geeft Boy zijn mobiel terug. 'Thanks.'
Boy stopt de mobiel zwijgend in zijn zak. Vanbinnen barst opnieuw een orkaan aan gevoelens los. Het liefst zou hij, net als Jesse, zijn hand op Nola's knie willen leggen, haar diep in de ogen kijken en dan... Ja, wat dan? Zoenen? Natuurlijk zou hij willen zoenen, maar dan zou Nola denken dat hij een onbeschofte player is. Bovendien heeft ze net zitten zoenen met Jesse., dus zit ze waarschijnlijk helemaal niet op hem te wachten.
Boy overweegt om haar te vertellen wat hij voor haar voelt en hoe erg hij het vindt dat ze weer met Jesse is, maar dat vindt hij te eng. Stel je voor dat ze hem uitlacht of voor idioot verslijt. Boy moet er niet aan denken. De afgang zou gewoon té groot zijn.

Nola geeft het gesprek een onverwachte wending. 'Weet je dat het echt waar is van Fenna?'
Boy begrijpt haar even niet.
'Dat van die ontharingscrème. Fenna is echt half kaal.'
Boy reageert nauwelijks. 'O?'
'Idioot toch? Zou de fabrikant een fout hebben gemaakt, denk je?'
Boy haalt zijn schouders op. En om eerlijk te zijn, interesseert het hem ook niet.
Hij staat op. 'Ik moet gaan.'
'Gaan? Waar naartoe?'
'Naar huis.'
'Naar je moeder?' vraagt Nola. 'Maar je zei dat je nooit meer naar haar terug zou gaan.'
Boy antwoordt niet. Hij loopt naar de invalidenwagen. 'Je vindt het toch wel goed dat ik hem nog even leen?'
Nola knikt. 'Tuurlijk.' Ook bij haar komen er onverwachte gevoelens los. Ze vindt het helemaal niet leuk dat Boy weer teruggaat. Niet alleen omdat ze weet hoe verschrikkelijk hij het thuis vindt, maar ook omdat ze nog geen afscheid wil nemen van de leuke tijd die ze met elkaar hebben gehad. Toch aarzelt ze om hem dat te zeggen. Ze is bang voor zijn reactie. Alhoewel ze Boy van een heel andere kant heeft leren kennen, is ze bang dat hij weer zal vervallen in oude gewoonten en haar belachelijk maakt. Mensen kunnen veranderen, dat is waar, maar niet van het ene op het andere moment en er blijft altijd wel iets van hun oude ik bewaard.
Zonder reactie laat Nola Boy instappen.
Hij kijkt nog even opzij. Zijn blik vraagt om een afscheid.
Nola steekt wat flauwtjes haar hand op. 'Doeg.'
Boy buigt zijn hoofd. Het lijkt alsof hij moed verzamelt voor de volgende stap. Na een aantal stille seconden start hij de motor en trapt het gaspedaal in.
Hij rijdt sputterend weg. Het geronk van de motor over-

stemt Boy's innerlijke stem. `Wat ben je toch een loser!'

Terug in het kamp wordt Nola weer getrakteerd op een portie minachting.
Iedereen draait zijn hoofd om als ze haar zien. Ook Jesse, alhoewel dat meer te maken heeft met zijn gedeukte ego.
De enige die nog met haar wil praten is Jamie.
'Doe maar niet,' zegt Nola. 'Straks vinden ze jou ook een trut.'
Jamie haalt onverschillig haar schouders op. 'Ik ben toch nooit de populairste van de klas geweest.' Ondanks haar verzoenende toon wordt haar gezicht strak.
'Toch vind ik het niet kunnen wat je Fenna aangedaan hebt. Ik bedoel, maar... ik vind het niet mega erg of zo.'
Er verschijnt een voorzichtige glimlach rond haar mond.
`Ik vind het eigenlijk best wel lachen, maar aan de andere kant...' Het gezicht van Jamie valt weer in de plooi. `Stel dat het mij was overkomen of jezelf. Dan zouden we het verschrikkelijk vinden, of niet soms?
'Maar ik heb het niet gedaan,' verzucht Nola. 'Waarom geloof je me niet?'
Jamie wordt nu zelfs kwaad. ' Waarom blijf je er steeds over liegen? Wie zou het anders gedaan kunnen hebben?'
Nola heeft geen zin om antwoord te geven. Als Jamie haar niet gelooft, vergeet het dan maar. Teleurgesteld loopt ze weg. `Het is klaar', schiet het door haar gedachten. `Als zelfs mijn beste vriendin niet gelooft dat ik onschuldig ben, is alle hoop op het zuiveren van mijn naam verkeken.'

27

Nola kan niet slapen. De hele nacht al niet.
Ze ligt op de slaapzaal met de meiden die haar een plaatsje bij het raam hebben gegeven, ver weg van de andere bedden. Fenna heeft dat geregeld. Ze vindt dat Nola stinkt omdat ze zich al twee dagen niet gedoucht heeft. Bij het raam waait de stank meteen naar buiten.
Nola ligt al uren te malen. Over Fenna, de meiden en hun vijandige reacties, en over haar avonturen met Boy. Het is gek, ze heeft er alles aan gedaan om hier te komen, maar nu zou ze het liefst zo snel mogelijk weer weggaan.
Nola is verdrietig. Nooit eerder in haar leven heeft ze zich zo alleen gevoeld.
Ze kijkt uit het raam en ziet dat het buiten alweer licht wordt. Ze troost zich met de gedachte dat het niet lang meer duurt voordat ze weer naar huis kan.
Dan wordt er iets tegen het raam gegooid. Een steentje. Nola veert geschrokken op. Als ze uit bed stapt om te kijken wat er aan de hand is, verschijnt er een hoofd voor het raam. Het is Boy.
Nola kan nog net een gil onderdrukken. Ze opent het raam.
'Boy!' fluistert ze. 'Wat doe jij hier?'
'Ik moet je wat vertellen.'
'Nu?'
Boy knikt. 'Maar niet hier.' Hij gebaart dat Nola naar buiten moet komen. 'Kom.'
Op een vreemde manier voelt Nola geen enkele twijfel. Ze pakt haar schoenen.
Haar opwinding is zo groot dat ze niet in de gaten heeft dat

Fenna wakker geworden is. Met een argwanende blik kijkt ze toe hoe Nola uit het raam klimt.
Het tweetal loopt naast elkaar het terrein af. 'Slaap je altijd in je kleding? Vraagt Boy. 'Nou, het is niet dat iemand mij iets anders aanbiedt. Ik dacht dat je naar huis zou gaan?' zegt Nola.
Boy zwijgt even. 'Ik moet je iets bekennen.' Zijn stem klinkt ineens een stuk bedachtzamer.
Nola kijkt hem vragend aan. 'Wat?'
Boy weet niet goed hoe hij moet beginnen. Het duurt even voordat hij antwoord geeft. 'Weet je nog waarom ik met je meeging?'
'Om weg te lopen van huis?' vraagt Nola.
'Ook dat,' antwoordt Boy. 'Maar de echte reden is omdat ik mijn vader wilde opzoeken.'
Nola is in de war. 'Je vader? Die is toch dood?'
Boy schudt zijn hoofd. 'Weet je nog die kerel in Exloo, bij dat tankstation? Dat is mijn vader...'
Nola weet niet goed hoe ze moet reageren. Is dit goed of slecht nieuws?
Ze laat het antwoord aan Boy.
'Volgens mijn moeder is hij de grootste zak ter wereld,' vervolgt hij somber. 'Ik dacht altijd dat ze maar wat loog om hem zwart te maken, maar nu weet ik dat ze gelijk heeft. Het is echt een rotzak'
'Dat weet je toch helemaal niet,' zegt Nola. 'Hoe goed ken je hem nou?'
Boy maakt een wegwerpgebaar. 'Ik hoef hem niet te kennen. Niet na hoe hij gisteren deed.'
'Hij dacht dat je aan het stelen was. Dan zou ik ook kwaad worden.' Nola pakt Boy's hand. 'Je moet teruggaan. En met hem praten. Wie weet is hij heel anders dan je denkt.'
Boy trekt zijn hand terug. Het laatste wat hij nu nodig heeft, is slecht advies.
'Maar wat wil je dan?' vraagt Nola. 'Terug naar je moeder?'

Boy moet er niet aan denken. 'Nee, natuurlijk niet. Maar ik kan toch niet anders?'
Boy's vraag roept alleen maar nog meer vragen op.
Voordat Nola een antwoord kan bedenken, klinkt de stem van Fenna. Ze rent in haar roze ochtendjas, met slaapmasker op haar hoofd en op designer slippers naar haar toe.
'Wat doe jij hier met die hufter!' roept ze.
Nola slaakt een gefrustreerde zucht. Dit is wel het laatste wat ze kan gebruiken, een scheldende Fenna. 'Gaat je niks aan! Ga maar weer terug naar je vriendinnen. Kun je nog meer leugens over mij vertellen!'
'Leugens? Daar weet jij alles van toch?' Fenna wijst naar Boy. 'Heb je hem al verteld over mijn haar?'
'Je bedoelt dat van die ontharingscrème?' vraagt Boy.
Fenna is even verrast. 'Heeft ze jou dat opgebiecht?'
'Natuurlijk niet,' zegt Boy. 'Want ze heeft het niet gedaan.'
Fenna wordt steeds bozer. 'Geloof haar toch niet, man! Ze is een vuile leugenaar!'
Boy schudt meewarig zijn hoofd. Begrijp je het dan echt niet?! Dat was ik. Ik heb die potjes verwisseld!'
Nola kijkt hem geschokt aan. 'Jij?'
Ook Fenna is geschokt. Ze valt even stil om vervolgens in woede uit te barsten.
'Wacht maar!' schreeuwt ze met trillende stem. 'Ik ga ervoor zorgen dat je van school getrapt wordt!'
Struikelend over haar slippers rent ze terug naar het kamp.
Nola wendt zich tot Boy. Ze is boos, maar ook verbaasd. 'Waarom?'
'Omdat zij je in die stinksloot geduwd heeft,' zegt Boy. 'En toen je met die cadeautjes aankwam, vond ik dat zo ongelooflijk slijmerig. Alsof jij iets verkeerds had gedaan. Ik vond gewoon dat ik iets moest doen, uit wraak.'
Nola zwijgt. Ze voelt zich ineens heel stom. Al die tijd heeft ze Boy gezien als slechterik, de bad guy die niets anders dan rottigheid veroorzaakt en nu... Natuurlijk is het balen

voor Fenna, maar wat Boy voor haar gedaan heeft, heeft nog nooit iemand voor haar gedaan. Zelfs Jesse niet. Opeens ziet ze hem als een stoere ridder die haar gered heeft van de draak.
Ze pakt opnieuw zijn hand en leidt hem mee naar de wagen. 'Kom, we gaan nu meteen naar je vader.'
Boy reageert anders dan ze dacht. Hij stribbelt niet tegen, maar krijgt tranen in zijn ogen.
'Nee,' zegt hij aarzelend.
'Hoezo niet?' vraagt Nola.
Boy antwoordt met een ingehouden snik. 'Ik durf niet.'
Boy schaamt zich zo voor zijn reactie dat hij zich van Nola afdraait.
Nola kan maar één ding bedenken. Troostend slaat ze haar armen om hem heen.
Het gebaar breekt als een sloopkogel door Boy's stoere pantser. Als een klein kind legt hij zijn hoofd op Nola's schouder en laat zijn tranen de vrije loop.
Nola voelt zich vreemd. Dit is het meest intieme moment dat ze ooit met iemand gedeeld heeft en ze hebben niet eens verkering.
Het moment duurt slechts kort. Boy herpakt zich. Snel veegt hij zijn tranen weg, alsof hij het moment probeert uit te wissen.
'Dit vertel je toch aan niemand, hoop ik?'
Nola haalt haar vingers als een ritssluiting langs haar mond. 'Dit is iets tussen jou en mij.'
Boy glimlacht. 'Je bent echt top, weet je dat?'
Een wolk vlinders stijgt op in Nola's buik. Het liefst zou ze hem nu helemaal suf zoenen, maar ze houdt zich in. 'Jij bent ook wel oké,' zegt ze.
Haar opmerking is zo onhandig dat ze er allebei om moeten lachen.
Dan worden ze opnieuw gestoord, ditmaal door De Wilde en Folmers die naar hen toe lopen.

Boy wil wegrennen, maar Nola houdt hem tegen. 'Je kunt niet altijd blijven vluchten. Niet iedereen is een rotzak,' fluistert ze.
Folmers en De Wilde blijven bij het tweetal staan. Hun gezichten staan streng.
'We hebben net even kort met Fenna gesproken,' zegt Folmers tegen Boy. 'Is het waar dat jij die potjes ontharingscrème hebt verwisseld?'
'Nee, dat was ik,' zegt Nola, maar Boy spreekt haar meteen tegen.
Hij knikt naar Folmers. 'Klopt. Dat ze nu half kaal is, is mijn schuld.'
Folmers en De Wilde struikelen van verontwaardiging over hun woorden.
'Dit is echt heel ernstig,' zegt Folmers. 'Ik weet niet welke straf we hier tegenover moeten zetten.'
Het lijkt alsof Boy zelf antwoord op die vraag moet geven, maar hij zwijgt.
'Waar heb je geslapen?' vraagt De Wilde. 'Toch niet in de openlucht hoop ik?'
Boy knikt naar de invalidenwagen.
Folmers werpt een korte blik op het karretje. 'Hoe kom je aan dat ding? Toch niet gestolen, hoop ik?'
'Hij is van mij,' zegt Nola. 'Tenminste, van mijn oma.'
'Jullie zijn helemaal met dat ding hierheen gereden?' vraagt Folmers.
Nola knikt.
Folmers schudt meewarig zijn hoofd. 'Wat is er toch mis met jullie generatie? Hebben jullie dan totaal geen verantwoordelijkheidsbesef?'
Hij pakt Boy bij zijn arm. 'Kom mee naar het kamp. Dan kun je douchen en wat eten. Daarna besluiten we wel hoe het verder moet.'
Folmers neemt Boy mee. 'Bel jij z'n moeder even,' roept hij over zijn schouder naar De Wilde.

Boy protesteert. 'Nee. Niet mijn moeder bellen!'
De Wilde luistert niet. Terwijl Folmers Boy aan zijn arm met zich meetrekt, haalt ze haar mobiel tevoorschijn.
Nola probeert De Wilde op andere gedachten te brengen. 'Alstublieft, doe het niet,' zegt ze bijna smekend. 'Boy vindt het verschrikkelijk thuis.'
'Maar het is zijn moeder,' zegt De Wilde terwijl ze langs de verschillende telefoonnummers swipet. 'Die moet toch weten waar hij is?'
Nola blijft aandringen. 'Z'n moeder is een alcoholist en slaat hem. Vraag het Boy maar. Hij logeert nog liever bij het Leger des Heils dan dat hij terug naar huis gaat.' Nola klinkt zo overtuigend dat De Wilde twijfelt. 'Maar wie moet ik dan bellen? De politie?'
Nola heeft een idee. 'Bel zijn vader. Hij woont hier vlakbij in Exloo. Misschien dat hij een oplossing weet.'

28

Het nieuws over Boy verspreidt zich net zo snel als zijn filmpje.

De meiden wringen zich in allerlei bochten om hun excuses aan Nola te maken.

'Ik begrijp niet waarom ik niet meteen aan Boy dacht,' zegt Ebru als ze samen in de slaapzaal zitten. 'Hij is toch de enige die tot zoiets in staat is?'

De anderen knikken. `Hij is echt een creep.'

Nola is het niet met de meiden eens.

Ze kijken haar vragend aan. 'Niet?'

Nola voelt zich voor het blok gezet. Net nu ze weer door haar vriendinnen geaccepteerd is, wordt er meteen van haar verwacht dat ze een stelling inneemt. Natuurlijk vindt ze Boy geen creep, integendeel, maar als ze vertelt wat ze voor hem voelt, wordt ze natuurlijk meteen weer verstoten.

Bijna onmerkbaar begint ze te knikken. 'Ja,' zegt ze in de hoop dat niemand het hoort.

Steef lacht. 'Ik dacht even dat je ging zeggen dat je hem leuk vindt.'

De andere meiden liggen in een deuk. 'Stel je voor. Dat zou toch een giller zijn?'

Jamie is de enige die niet meelacht. Ze ziet aan Nola's gezicht dat er meer speelt.

Als iedereen naar de eetzaal vertrekt voor de lunch, neemt ze Nola apart.

'Wat is er?' informeert ze.

'Wat bedoel je?' vraagt Nola gespeeld onnozel.

'Kom op Nola, ik ken je langer dan vandaag. Een paar

dagen geleden had je Boy meteen met de grond gelijkgemaakt. Voel je soms iets voor hem?'
Nola schrikt. Hoe weet Jamie dat? Is het zo overduidelijk? Toch gaat ze nog even door met haar act. 'Natuurlijk niet!' zegt ze overdreven stellig.
'Waarom heb je Jesse dan niet gezoend?'
'Gewoon, omdat ik niet meer verliefd op hem ben,' antwoordt Nola geïrriteerd.
'Dat is toch raar?' vraagt Jamie. 'Verleden week stortte je hele wereld in en nu wil je hem opeens niet meer?'
Nola zucht. Ze heeft geen zin meer in deze ondervraging. 'Mag ik dat zelf bepalen, ja? Anders vraag je hem toch lekker zelf verkering?'
Jamie grijnst. 'Zie je nu wel? Ik heb gelijk. Nola is verliefd.'
Nola wil de slaapzaal uit lopen, maar krijgt daar de kans niet voor.
Ebru stuift naar binnen. 'Kom snel! Die idioot van een Boy haalt weer eens een stunt uit!'

Buiten op de parkeerplaats staat iedereen in een halve kring om een takelwagen. Achterop de wagen staat de invalidenwagen.
Boy zit achter het stuur. Hij staart bewegingsloos voor zich uit en doet zijn uiterste best de toeschouwers te negeren.
Midden in de groep staat de vader van Boy. Hij is in het gezelschap van Folmers en De Wilde. De Wilde heeft hem dus toch gebeld. Ze zijn samen op het idee van de takelwagen gekomen. Het is de bedoeling dat Boy met zijn vader naar huis gaat en dat Nola terugrijdt in de bus. De invalidenwagen zal weer netjes worden afgeleverd bij Nola's moeder.
Maar nu Boy in de wagen zit, kan de takelwagen nergens heen.
'Wat bezielt zo'n jongen nou?' vraagt Folmers zich hardop af.
De vader van Boy haalt met een glimlach zijn schouders

op. 'Ach ja, pubers, hè? Die krijgen nog weleens de kolder in hun kop.'
De Wilde haakt klagend aan. 'Praat me er niet van! Ik heb er dagelijks mee te maken en ik word er soms helemaal gestoord van.'
De opmerking is onbedoeld grappig.
De vader van Boy moet er hartelijk om lachen.
Als Nola, Jamie en Ebru bij de groep komen staan, heeft Boy zich nog altijd niet bewogen. Hij wil ze negeren, maar de starende blikken prikken als naalden in zijn lijf. Elke minuut dat hij langer in de wagen zit, stijgt zijn frustratie.
'Wat doet hij daar?' vraagt Nola aan Fenna die met haar vriendinnen grinnikend toekijkt.
'Het is gewoon een zielige aandachtstrekker,' zegt ze met een minachtende blik. 'Hij zit er al meer dan een uur en weigert uit te stappen.'
Net als de anderen kijkt Nola toe en wacht op een reactie van Boy. Als die uitblijft, loopt ze naar de takelwagen en klimt erbovenop.
Er gaat een golf van verbazing door de groep. 'Wat gaat ze doen?'
Nola tikt op het portierraam. 'Boy, doe eens open!'
Boy reageert niet.
'Boy!' roept Nola dwingend.
Boy draait zich met tegenzin naar het portier en ontgrendelt hem.
Nola stapt in.
'Wat doe je?' Haar stem klinkt niet verwijtend, maar bezorgd. 'Waarom sluit je jezelf hier op?'
Boy zwijgt lang voordat hij antwoord geeft. Dan knikt hij naar de afkeurende blikken van de leerlingen die om de takelwagen staan.
'Ze hebben gelijk. Ik ben een loser.'
Nola vindt het een belachelijke opmerking. 'Een loser? Hoe kom je daar nou bij?'

‘Ik dacht dat ik schijt aan de hele wereld had,’ zegt Boy beschaamd. ‘Maar ik durf mijn eigen vader niet eens onder ogen te komen.’
Nola kijkt naar buiten en ziet zijn vader staan. Hij lacht haar vriendelijk toe.
‘Je hebt hem dus niet gesproken,’ zegt ze wanneer ze zich weer naar Boy toedraait.
Boy wijst op zijn voorhoofd. ‘Ben je gek of zo? Hij stond ineens voor mijn neus. Ik schrok me dood. Het enige wat in me opkwam, was me hier opsluiten.’
Nola kan een vertederd lachje niet onderdrukken. ‘Maar waarom? Je hoeft je toch nergens voor te schamen? En trouwens, dit is echt de slechtste verstopplek ever.’ Ze wijst naar buiten. `Iedereen kan je zien!’
Boy kijkt even beschaamd opzij om meteen weer zijn blik naar Nola te verleggen.
`Maar mijn vader denkt dat ik een dief ben.’ Boy knikt voorzichtig naar Folmers en De Wilde. ‘En dat heeft hij hun natuurlijk ook verteld. Nu moet ik zeker van school af!’
Nola kijkt nog eens naar zijn vader. Op zijn gezicht staat nog steeds dezelfde vriendelijke lach.
‘Daar geloof ik niks van. Kijk dan naar hem. Hij staat al die tijd al te glimlachen.’
Boy kan zich niet langer bedwingen. Hij draait zijn hoofd iets opzij om een blik op zijn vader te werpen.
Zodra die hem ziet kijken, steekt hij groetend zijn hand op.
‘Zie je nou wel?’ zegt Nola. ‘Als hij denkt dat je een dief bent, reageert hij wel anders.’ Ze opent het portier. ‘Ik ga wel even met hem praten.’
Boy trekt de deur meteen weer dicht. ‘Nee!’
Nola schrikt een beetje van zijn reactie. ‘Wat wil je dan? Hier voor altijd blijven zitten?’
Boy kijkt Nola aan. Zijn blik verandert. Wordt zachter.
‘Weet je,’ gaat hij wat aarzelend verder. ‘Ik vond het echt te gek wat we gedaan hebben. Met dat karretje en in de die-

rentuin. Ik heb echt de tijd van mijn leven gehad.'
Nola knikt. 'Ik vond het ook waanzinnig.'
'Echt?' vraagt Boy.
'Echt.'
Boy's blik klaart op, alsof ineens de zon gaat schijnen.
Ook Nola begint te stralen. 'Weet je,' vervolgt ze met een blos op haar wangen. 'Ik moet je eigenlijk iets bekennen.'
'Wat?' vraagt Boy.
Nu is het de beurt aan Nola om verlegen te worden. Ze slaat haar ogen neer.
'Vroeger vond ik het afschuwelijk om een loser gevonden te worden, maar nu denk ik daar heel anders over.'
Boy heeft geen idee waar ze het over heeft. 'Jij een loser?'
Nola draait zich naar hem toe en kijkt hem recht aan.
'Als jij een loser bent, dan ben ik dat ook. Graag zelfs.'
Ze trekt de muts van Boy's hoofd zodat zijn krullen tevoorschijn komen. Met dezelfde hand trekt ze zijn hoofd dichterbij en drukt haar mond op de zijne. Er volgt een lange, romantische kus.
De leerlingen buiten weten niet wat ze zien.
Fenna slaat verafschuwt haar hand voor haar gezicht. 'Ieeeuw, loserseks!'
Ebru gruwelt met haar mee, maar Steef vindt het schattig. `Ik vind het eigenlijk wel een leuk paar', fluistert ze tegen Jamie.
Jamie is het helemaal met haar eens.
Net als Boy's vader, die naast Folmers staat te glunderen. .
'Dat heeft die jongen goed voor elkaar,' grinnikt hij.
Folmers lacht beleefd met hem mee. Eigenlijk vindt hij Nola en Boy nog veel te jong voor zulke heftige zoenen, maar hij begrijpt dat dit niet het moment is om daar wat van te zeggen.
Na de kus trekt Boy zijn hoofd verbaasd terug.
`Maar ik dacht dat je weer terug was bij Jesse.'
Nola kijkt hem vreemd aan. `Hoe kom je daar nu bij?'

Boy twijfelt met antwoorden. `Ik heb jullie gisteren gezien, bij het openluchttheater.'
`Wat heb je gezien dan?'
`Nou ja, dat jullie met je lippen naar elkaar gingen en toen...' Boy valt stil.
`Ja?' vraagt Nola.
`Toen kon ik het niet meer aanzien en ben ik weggelopen.'
Nola begint te lachen. `Je bent te vroeg weggegaan. Als je was gebleven, had je kunnen zien dat ik mijn hoofd weer terugtrok en Jesse vertelde dat de verkering echt voorbij was.'
Boy's gezicht klaart op. `Serieus?'
Ook Nola's gezicht begint te glimmen. `Waarom zou ik verkering met hem willen als ik verliefd ben op jou?'
`Verliefd?' herhaalt Boy terwijl hij stamelt en het bijna niet kan geloven. `Ik ook! Ik ben ook verliefd!' Hij is zo gelukkig dat hij Nola omhelst en haar voor een tweede keer zoent.
Buiten begint iedereen te klappen, alsof ze getuigen zijn van een historische gebeurtenis. Alleen Fenna en Jesse klappen niet. Ze voelen zich de enige zure bessen in een schaal met zoete aardbeien.
Nola en Boy zien hun boze blikken niet. Ze hebben het te druk met zoenen. Eindelijk hebben ze toegegeven aan hun gevoelens voor elkaar en nu kunnen ze aan iedereen laten zien hoe verliefd ze zijn.

29

Nola en Boy zijn eindelijk uit de wagen gekomen. Het heeft nog lang geduurd voordat ze zich uit elkaars armen konden losrukken. De boze reactie van De Wilde heeft ook geholpen. Ze hoefde maar twee keer met strafcorvee te dreigen om ze te laten stoppen met zoenen.

Nu staat Boy met zijn vader te praten. Het is een leuk gesprek waarin Boy ontdekt dat zijn mening over hem helemaal verkeerd was. Zijn vader is een gezellige man met opvallend veel begrip voor zijn problemen. Hij weet als geen ander hoe moeilijk het is om samen te leven met zijn moeder. Hij heeft het zelf jaren geprobeerd tot hij geen andere oplossing meer zag dan van haar te scheiden. Vanwege de leugens die ze over hem vertelde, werd hem de voogdij over Boy ontzegd. Toen hij vervolgens een brief kreeg van Boy waarin hij schreef hem nooit meer te willen zien, had hij het contact verbroken. De brief bleek door Boy's moeder zelf te zijn geschreven. Ze heeft ook alle verjaardagskaarten die zijn vader naar Boy stuurde vernietigd, waardoor Boy de indruk kreeg dat hij hem voorgoed uit zijn leven verbannen had.

Nu blijkt dat alles één groot misverstand is, bloeit de vader-zoonrelatie weer in alle hevigheid op. Ze voelen zich net twee verschrompelde cactussen die na een hevige regenbui al het water hebben opgezogen en van het ene op het andere moment tot bloei zijn gekomen.

Als Boy zijn vader vertelt dat hij weggelopen is van huis en hij niet meer terug wil naar zijn moeder, stelt zijn vader voor om bij hem te komen wonen. Hij heeft een huis ach-

ter het tankstation met meer dan genoeg kamers voor hun tweeën.
Boy kan zijn geluk niet op. Dit is waar hij op gehoopt had, een nieuw leven met zijn vader, ver weg van alle problemen met zijn moeder.

'Maar hoe zit het dan met ons?' vraagt Nola. Als je bij je vader gaat wonen, zie ik je niet meer. Dan kunnen we net zo goed geen verkering hebben.'
Boy schrikt van haar opmerking. 'Wat, wil je het alweer uitmaken?'
'Nee, natuurlijk niet,' zegt Nola snel. 'Maar hoe moet het als jij in Exloo woont en ik thuis? Dat is bijna tweehonderd kilometer bij elkaar vandaan!'
Boy was zo enthousiast over het besluit van zijn vader dat hij hier nog niet eens over nagedacht heeft. 'Maar we kunnen elkaar toch in de weekenden zien? En wat dacht je van de vakanties? Bovendien, we kunnen elkaar bellen, en we hebben toch social media.'
Nola legt lachend haar hand op zijn mond. 'Stil maar. Ik begrijp wat je bedoelt.'
Nu ze er zo over nadenkt, vindt ze het helemaal niet zo'n gek idee om elkaar alleen in de weekenden en vakanties te zien. Zo blijft elke ontmoeting speciaal en heeft ze iets om naar uit te kijken. Het is eigenlijk de ideale oplossing. Wanneer elke date een hoogtepunt is, is de kans op sleur vrijwel uitgesloten. Zo blijf je extra lang verliefd en als bonus ben je op die momenten zo blij dat je bij elkaar bent dat er voor ruzie gewoonweg geen tijd is.
Nola moet even aan haar ouders en die van Boy denken. Wanneer zij op dezelfde manier verkering hadden gehad, waren ze nu waarschijnlijk nog bij elkaar geweest.
Ze draait zich naar Boy toe. 'Weet je waar ik nu zin in heb?' Ze slaat haar armen om zijn nek.
Boy kan in Nola's ogen zien wat ze bedoelt. 'Kun je mijn

gedachten lezen of zo? Ik wilde net hetzelfde doen.'
Nola en Boy buigen zich naar elkaar toe voor een lange, lekkere zoen.
Voordat hun lippen elkaar raken, worden ze gestoord door Boy's vader. 'Zo is het wel genoeg, tortelduifjes,' zegt hij lachend. 'Straks hebben jullie geen lippen meer over. `Jullie vervoer staat klaar.'
Boy's vader neemt afscheid van Folmers en De Wilde, die naast hem zijn komen staan. Folmers geeft hem een stevige hand. `Goed u eindelijk eens ontmoet te hebben.' Hij lacht. `Beter laat dan nooit.' Ook De Wilde geeft Boy's vader een hand. Daarna richt ze zich nog even tot Boy. 'Succes jongen, en het ga je goed.' Ze meent het oprecht. Boy is dan wel een lastpak geweest, maar ze heeft altijd geweten dat hij vanbinnen een sympathieke jongen is die door zijn thuissituatie een muur om zich heen heeft gebouwd. Nu hij een leven met zijn vader tegemoet gaat, kan hij een nieuwe start maken vol van liefde, geborgenheid en geluk.
Folmers heeft het laatste woord. 'Kan ik op u rekenen dat u Nola weer veilig thuis afzet? Ik heb begrepen dat ze vannacht bij u blijft logeren?'
`Klopt', zegt Boy's vader. `Ik heb net contact gehad met haar moeder en die vond het goed.'
Folmers is nog steeds een beetje verbaasd. `Maar was je moeder dan niet kwaad dat je vannacht niet thuisgekomen bent?' vraagt hij aan Nola. Als ze zijn dochter zou zijn, had hij haar een half jaar huisarrest gegeven.
`Eerst wel', geeft Nola toe. `Maar toen ik alles had uitgelegd en Boy mijn verhaal bevestigde, was ze zo opgelucht dat ze toestemming gaf.'
`Dat is dan geregeld!' zegt de vader van Boy die ondertussen naar de truck loopt en instapt.
Boy en Nola klimmen via de truck in de invalidenwagen die erbovenop staat. Ze zwaaien en blijven dit doen tot het kamp langzaam in de verte verdwijnt. Dan kijken ze elkaar

verliefd aan.
`Dit is echt het aller tofste wat ik ooit heb meegemaakt', zegt Boy.
Nola kan alleen maar instemmend glunderen.
Ze voelt zich intens gelukkig. De afgelopen twee dagen waren de meest bijzondere van haar leven. En het mooie is, er zullen nog vele van deze dagen volgen. Samen met Boy, de liefde van haar leven!